041 24 44 000
Silvio

Davide Longo

Der Steingänger

Quartbuch

DAVIDE LONGO

Der Steingänger

Aus dem Italienischen von
Suse Vetterlein

Verlag Klaus Wagenbach Berlin

Für Paquita
und für Emma,
denn mit ihr kam auch sie.

»Lange vor Morgengrauen merkte ich, daß ich das, was ich herauszufinden suchte, schon immer gewußt hatte. Daß Mut stets eine Form der Beständigkeit ist. Daß ein Feigling stets zuerst sich selbst im Stich läßt. Danach fällt ihm jeder andere Verrat leicht.«

Cormac McCarthy *All die schönen Pferde*

Cesare schnitt ein dünnes Stück vom Toma-Käse ab, klappte das Messer wieder zu und betrachtete durch das Fenster den langsam kommenden Abend.

Noch hoben sich die Bergkämme vor der untergehenden Sonne ab, aber unten im Tal hatten die Pinien bereits das matte Grün der Abenddämmerung. Auf der anderen Seite des Flusses lagen noch einige Heubündel auf den Feldern. Auf den Hängen schaukelte ein träger Wind die Buchen und Kastanien ins Dunkel.

Er schob sich ein Stück Brot mit Käse in den Mund und kaute so lange, bis der Käse wieder zu Milch, bis das Brot wieder zu Getreide wurde.

Nur noch schwach kam das Licht ins Zimmer. Gegen die Wände konnte man einen Küchenschrank, einen alten Kühlschrank, die Spüle und wenige andere Möbel erkennen, die mit der Zeit nachgedunkelt waren. Eine Truhe aus Kirschbaumholz lag, ein dickes Tier mit kurzen Beinen, zusammengekauert neben der Tür.

Unter dem Tisch ertönte ein Schnaufen.

Cesare senkte den Blick und sah in die Augen der Hündin. »Brav, Micol, brav«, sagte er und streckte seinen Arm aus.

Die Hündin zog die Lefzen hoch und nahm die Käserinde vorsichtig mit den Zähnen, um seine Finger nicht zu streifen.

Cesare musterte sie.

Sie war eine Promenadenmischung. Den schmalen, nervösen Rücken, wie geschaffen zum Rennen, hatte sie von ihren wölfischen Ahnen. Das Braun ihrer Augen und ihre Anhänglichkeit dagegen von ihren an Arbeit gewohnten Vorfahren.

Das Telefon klingelte.

Cesare ging gemächlich zu dem alten, grauen Apparat auf der Konsole.

»Ja?«

Die Stimme des Pfarrers drang gedämpft aus dem Hörer.

»Nein, nein, Sie stören nicht.«

Während Cesare lauschte, sah er zum Heiligen Josef auf der Werkbank. Daneben standen vier weitere Holzscheite, die zum Schnitzen noch zu weich waren. Bei einem konnte man erkennen, wie er Gewandfalten geübt hatte.

»Bis Ende Oktober, wenn es nicht allzu feucht ist«, sagte er, zog eine Gitane aus der Hemdtasche und zündete sie an, dabei hielt er die Hand schützend vor das Streichholz. Er mußte lächeln – während seiner Zeit auf See hatte er sich diese Geste angewöhnt. Selbst dreißig Jahre ohne Meer hatten nicht ausgereicht, um ihm diese Gewohnheit auszutreiben.

Der Pfarrer jammerte über den Wind, der in diesen Tagen durchs Tal fegte, dann erwähnte er eine Kirchenbank, die repariert werden mußte, und all die Arbeiten, die er früher ganz allein erledigt habe, was jetzt aber nicht mehr ginge. Cesare sah ihn vor sich, in seinem immer gleichen schwarzen Gewand, die Augen fast blind, doch noch immer von lebendigem Blau, die Hände spröde wie Trockenblumen.

»*Bonsoir*«, verabschiedete er sich schließlich, als würde das Französische höflicher klingen, dann legte er auf und die Stille kehrte ins Zimmer zurück.

Behutsam deckte er den Tisch. Auf das Wachstuch kam ein Krug Wein, ein Baguette, ein Löffel, ein tiefer Teller und die rote Serviette mit den zwei eingestickten Monogrammen.

Er nahm den Topf vom Herd und schüttete die Suppe in den Teller. Dampf stieg zu den Deckenbalken und die Küche füllte sich mit Majoranduft.

Er schaltete das Radio ein.

Die metallische Stimme berichtete von der Verhaftung eines Politikers und von der Hochzeit an einem Königshof mit über zweitausend geladenen Gästen.

Cesare lauschte, er blickte dabei stets auf den kleinen Ausschnitt des Gebirges und des Himmels, den das Fenster freigab, dann schaltete er das Radio aus und trank einen Schluck Wein, wie jeden Abend nach dem Essen.

Er trug das Geschirr zur Spüle, krempelte die Ärmel hoch, um abzuspülen, doch aus dem Hahn kamen nur ein paar Tropfen und das Glucksen in der leeren Leitung.

Cesare verzog den Mund.

Vor zehn Jahren war er als einziger dagegen gewesen, den Fluß zu verbauen. Die anderen vier Parteien aus dem Dorf hatten alle unterschrieben, und so hatte die Gemeinde die Arbeiten zur Trinkwasserversorgung eingeleitet.

Zwei Monate lang hatten die Bagger das Flußbett des Cumbo Scuro ausgehoben.

Mit Karabinerhaken hatte man die Bagger am Fels gesichert. Tagsüber hatten sie beim Zerschlagen von Steinen und Bäumen geheult, abends nach Feierabend hatten sie einsam und verlassen dagestanden und ihre riesigen metallischen Münder dem Mond entgegengereckt.

Von da an verstopfte im Herbst immer wieder Treibholz die Rohre und das Dorf hatte kein Wasser.

Cesare sah zu den Bergschuhen neben dem Ofen und überlegte, ob er jetzt noch hochgehen oder lieber bis morgen warten sollte, da ertönten aus Villar sieben Glockenschläge, die ihm sagten, wie lange es noch hell war.

Er band seine Schuhe, legte Holz nach und trat hinaus.

Die Luft war klar, aber ein trockener Wind von den Bergen bog die Wipfel der Tannen. Cesare knöpfte seine Jacke zu und sah auf den Fleck über den Bergen, die das Tal abriegelten. Wolken voller Kälte beugten sich von Frankreich herüber, so wie sich jemand aus dem Fenster lehnt und andeutet, er komme gleich herunter.

Von der Bundesstraße herauf hörte man den Bus hupen.

Cesare sah gerade noch, wie der Bus in die Straße nach Torrette einbog, dann entfernte sich das Geknatter des Diesels wieder. Zurück blieb eine Stille aus vielen kleinen Geräuschen, keines übertönte das andere.

Er dachte an Adelmo am Steuer und die anderen, die hinter ihm saßen.

Sie würden nicht allzu spät nach Hause kommen und dann mit jemandem, der auf sie wartete, zu Abend essen und dabei die sich langsam verdunkelnden Berge betrachten, schließlich würden sie in ihren Betten einschlafen, und am nächsten Tag würde sie um sechs Uhr morgens derselbe Bus zur selben Arbeit zu einem neuen Tag fahren.

Er hatte einen bitteren Geschmack im Mund, und bevor dieser seinen Magen erreichte, pfiff er der Hündin und machte sich wieder auf den Weg in Richtung Dorf.

Er überquerte die Wiese mit Kamille und Königsfarn, dann ging er durch den Torbogen bei der Kirche, noch vor den Häusern bog er nach links querfeldein und stieß auf den kleinen Weg nach Champaneise.

Der stieg ganz gemächlich an. Den Trampelpfad hatten früher die Frauen einmal angelegt, wenn sie zum Fluß mußten, um Hanf zu hecheln. In weiten Serpentinen schlängelte er sich nach oben, so hatten sie gemütlich plaudern und den Ausblick genießen können.

Als Cesare die Säule erreichte, setzte er sich auf die Stufen, direkt unter den Kranz aus künstlichen Blumen und die Aufschrift *Virgo Sanctissima*.

Er zündete sich eine letzte Zigarette an, durch den blonden Rauch hindurch betrachtete er die Hütten im Dorf, ganz klein und flach lagen sie unter ihm. Seine, auf dem Grat, sah aus wie ein einzelner Schuh.

In diesen Häusern hatten ganze Generationen von Männern und Frauen das Brot selbst gebacken, den harten Wintern getrotzt und Kinder großgezogen, die einmal genau dasselbe tun würden. Jetzt waren ihre Hütten nur noch leere Schneckenhäuser. Nach dem Krieg waren die meisten von ihnen nach Frankreich ausgewandert, ein paar nach Argentinien, eine

Familie nach Deutschland. In den folgenden Jahren waren dann auch die restlichen ins Tal gezogen, in die Nähe der Fabrik, in der sie mittlerweile arbeiteten.

Cichin war der letzte gewesen. Vor zwei Jahren hatte er sein Vieh verkauft und war runter ins Heim gezogen. Seitdem hatte Cesare keinen mehr zum Kartenspielen.

Die Hündin kam und schlich nervös um ihn herum.

»Sitz!« sagte Cesare – wenn er rauchte, mußte alles um ihn herum absolut ruhig sein –, und die Hündin setzte sich.

Weiter unten hörte man das Fahrzeug der Zollbeamten, die die Grenzschranke geschlossen hatten und nun wieder ins Tal fuhren. Der Bach floß langsam und still und schmiegte sich den Kurven der Straße an.

Cesare nahm einen tiefen Zug, mit einem Finger berührte er die Frau, die auf der Gitanes-Schachtel tanzte.

Wie immer dachte er an Adele.

Als die Zigarette aufgeraucht war, hatten die Wolken, die er zuvor in der Ferne gesehen hatte, den Abendhimmel aufgezehrt.

Hinter den letzten Hügeln veränderte das Gebirge sein Gesicht. Das Gras wuchs dichter, und vereinzelte Holunderbüsche drangen in das immer gleiche Gelb und die immer gleichen Felsen.

Der Pfad führte weiter bergauf, vorbei an Mauern, die die Leute aus dem Tal hochgezogen hatten, um dem Wald ein Stück Land zu entreißen. Seit sich keiner mehr um die Terrassen kümmerte, wucherten darauf wilde Brombeeren und Brennesseln. Die Steine begrenzten noch immer den Hang, Verteidigungslinien aus vergangenen Zeiten, die dem Feind nicht trotzen konnten.

Der Ruf eines Mäusebussards gellte durchs Tal.

Ohne seinen Schritt zu verlangsamen, hob Cesare den Blick. Die Wolken oberhalb der Grenze schienen sich nicht zu bewegen, doch das enge Kreisen eines Raubvogels deutete auf einen Wechsel der Jahreszeit hin. Die Hündin lief voraus, die Schnauze knapp über dem Boden, sie folgte irgendeiner Fährte und kümmerte sich gar nicht um die Amseln und Drosseln, die sie aufscheuchte und die aufgebracht aus den Sträuchern flogen.

Nach zwei Kehren mischten sich Eichen und Kastanien unter die Buchen, ein dumpfes Rauschen aus der Tiefe stieg nach oben und kündigte den Bach an. Da verließ Cesare den Pfad, folgte einem Weg, den er von früher kannte, und nahm eine Abkürzung, die auf einen dichtbewachsenen Fleck zuführte.

Als er diesen Weg das erste Mal genommen hatte, war er sechs gewesen.

Er konnte sich noch gut an diesen Tag erinnern, an die grauen Schürzen der Frauen, an den Geruch des verfaulenden Hanfes und das rote Fell des kleinen Hundes, den er damals hatte, dessen Name ihm jetzt aber nicht mehr einfiel, weil danach noch so viele andere Hunde gekommen waren.

Als er den Fluß erreichte, blieb er stehen und betrachtete das Wasser in der Tiefe.

Die Strömung hatte sich hier in den Felsen gefressen, wie ein Messer, das Polenta teilt, und ein dichtes Gewirr aus Birken, Akazien und Farn war auf der verletzten Stelle gewachsen, ohne sie zu heilen. Ungefähr zwanzig Meter weiter unten bildete das Trinkwasserreservoir ein kleines Becken, in dem sich das bißchen Licht von oben spiegelte.

Cesare kraulte der Hündin den Nacken.

»Warte hier.«

Er ergriff einen Ast, schlug sich einen Weg durch den Farn und stieg hinunter zum Bach.

Ab und zu mischte sich ein säuerlicher Gestank unter den Moschusduft. Cesare dachte, vielleicht ein verendetes Tier, das zum Trinken an den Bach gegangen war und dann keine Kraft mehr gehabt hatte, um wieder hochzusteigen. In ein paar Tagen würden Füchse und Marder die Stelle wieder säubern und der Winter würde sich um die letzten Reste kümmern und sie dem Gebirge zurückgeben.

Als er beim Becken war, überlagerte der Verwesungsgestank jeden anderen Geruch.

Cesare sah sich um.

Das Wasser des Beckens war ruhig und dunkel. Am Rand wuchs Farn, der naß glänzte. Oben schaukelte das Laub leise im Wind. Hier unten wehte kein Lüftchen.

Er zog eine Gitane aus seiner Hosentasche, die er für den Abend eigentlich gar nicht mehr vorgesehen hatte.

Als er den Kopf ein wenig neigte, um die Zigarette anzuzünden, tauchte etwas aus dem Wasser auf.

Cesare kniff die Augen zusammen, und im Widerschein der Flamme erblickte er den bleichen und aufgedunsenen Bauch des Mannes. Kurz darauf kam auch das Gesicht zum Vorschein. Es hatte die Farbe gestockter Milch.

Cesare betrachtete die schwarzen Haare, die sich mit der Strömung bewegten, und fühlte, wie sich der Schatten um ihn legte.

Der Körper schaukelte sanft, das Rohr hatte die Beine verschluckt, wie ein Mund, der beim Essen allzu gierig gewesen war. Die Arme waren an mehreren Stellen gebrochen und unnatürlich nach unten geknickt.

Er senkte den Blick und starrte wer weiß wie lange auf seinen eigenen Atem, der in der kalten Luft kondensierte.

Die einzigen Laute aus dem Tal waren das Gurgeln des weißen Schaumes, der sich zwischen den Steinen im Kiesbett aufbäumte, und der Ruf einer Eule aus dem Wald, die die Nacht ankündigte.

Cesare ging einen Schritt nach vorn, um das Gesicht des Mannes zu betrachten.

Faustos rechtes Ohr baumelte nur noch an einem dünnen Stück Haut. Eine kleine Forelle schwamm dicht um ihn herum, immer wieder öffnete und schloß sie ihre Lippen.

Eine Tasse Milch in der Hand, die Augen vom Schlaf ganz verklebt, stand Sergio auf dem Balkon und sah, wie die grauen, dichten Wolken auf das Tal drückten. Vom Wind, der sie herangetragen hatte, war nur noch das Rauschen der Blätter zu hören. Durch die Stoffetzen und das herumwirbelnde Laub sah der Hof aus wie eine Piazza nach dem Wochenmarkt. Ein paar dumm gackernde Hühner stelzten um den Misthaufen herum, die anderen Tiere hatten den Wechsel der Jahreszeit gespürt und waren im Stall geblieben.

Er trank einen Schluck, kramte in seiner Hosentasche, zog eine völlig zerknitterte Zigarette heraus und steckte sie sich an. Aus dem großen Becken unter dem Kirschbaum drang das monotone Gluckern des Wassers. Unten im Tal sahen die Häuser von Sampeyre aus wie Hundewelpen, die sich eng aneinanderschmiegen, um sich vor der Kälte zu schützen.

»Sergio«, schrie jemand, die Stimme kam von unten, schon war sie wieder weg.

Sergio sah seine Katze Pona an, die auf der Motorhaube des Traktors schlief. Sie war genauso alt wie er, und, soweit er sich erinnern konnte, immer schon blind und taub gewesen. Er nahm einen tiefen Zug. Unter den Fingern fühlte er seinen Bart, der gewachsen war und an seine Lippen grenzte.

Dann wieder: »Sergio«, diesmal etwas schroffer.

Sergio stellte die Tasse ab, schwang sich übers Geländer, seine langen Beine federten ihn ab, so daß er mit einem dumpfen Ton im Hof landete. Beim Aufprall öffnete Pona die Augen, schloß sie aber gleich wieder, da sie sich wohl ihrer Blindheit bewußt geworden war.

Er drehte sich um, mit wenigen Schritten war er an der Stalltür. Er stützte sich an einem Balken ab und wartete, bis sich seine Augen an die Dunkelheit gewöhnt hatten. Der Geruch nach Mist und Milch schlug ihm entgegen. Der Stall war ein langer, gewölbter Gang. Die Kühe zermalmten das saftige morgendliche Gras; wenn Hände aneinanderreiben, hört es sich genauso an. Ganz hinten war ein Mann über einen großen Kupferkessel gebeugt.

»Bring die Schnur auf den Traktor. Du mußt das Heu zusammenbinden.«

Sergio betrachtete die Arme seines Vaters. Im Schummerlicht, das durchs Fenster fiel, waren es zwei gespannte Seile, das Gesicht war ein mit Stoff bezogener Stein.

»Es regnet doch gar nicht.«

Sein Vater durchquerte den Stall, dann säuberte er mit dem Lappen, den er am Gürtel trug, eine Tränke.

»Los, mach schon, es wird bald schneien«, sagte der Vater nach einer Weile.

Sergio musterte die ausgelatschten Schuhe. Die Kuh, gleich neben der Stalltür, sie war ziemlich alt und klein, reckte ihren Hals und versuchte, mit ihren weichen Lippen an dem Strick zu knabbern. In ihrem linken Ohr hing die gelbe Plastikmarke mit der Nummer des Stalls und dem Namen des Bauern.

Irgend etwas im Hof erregte wohl ihr Interesse. Talina war durchs Tor gekommen, sie lief jetzt auf das Haus zu. Sie ging langsam. Die linke Hand auf den Stock gestützt, die rechte – kranke – in der Schürze versteckt.

»Ist dein Vater da?« fragte die Frau.

Sergio bemerkte ihren seltsamen Geruch nach Ziege und Kampfer. Ihre Augen mußten früher einmal tiefblau gewesen sein, was mit der Zeit verblaßt war. Auch die kleinen Blümchen auf der Schürze schienen gealtert.

Aus der hintersten Ecke des Stalls ertönte die Stimme des Vaters, der sie aufforderte, doch hereinzukommen. Die Frau antwortete mit einer Redensart im Patuà-Dialekt, die irgend etwas mit Alter und Winter zu tun hatte, dann warf sie Sergio einen strengen Blick zu und ging die Stufe zum Stall hinunter.

Sergio warf seine Kippe auf den Boden, ganz verkrampft stand er da.

»Grüß dich, Nelino«, hörte er die Alte sagen.

In der Ferne leuchteten zwischen den Häusern von Sampeyre ein paar Lichter, Rauchschwaden stiegen aus den Schornsteinen auf und vermischten sich mit dem Grau des Himmels.

Als er den Stall betrat, kniete der Vater gerade neben einer Kuh und nahm den Verband von ihrem Bein. Talina stand etwas abseits und sah ihm aufmerksam dabei zu. Im Widerschein der Gaslampe hatte ihr Gesicht die Farbe von Heu.

Sergio ging zu dem alten Tisch an der Wand und holte die Schnur aus der Schublade. Mit dem Messer schnitt er armlange Stücke ab.

Das verletzte Tier war eine Friesländerin und hieß Roma. Eines Abends war sie mit einer gerissenen Sehne von der Weide zurückgekommen. Der Vater hatte sie zwar genäht, aber mit der Zeit hatten der Mist und die Fliegen die Wunde infiziert, und seitdem hob das Rind sein Bein immer an, selbst beim Schlafen.

»Wir sind heute morgen mit einem großen Unheil aufgewacht«, sagte die Alte nach einer Weile.

Mit einem Ruck riß Nelino das Pflaster vom Bein. Vor lauter Schreck kackte das Tier, ein säuerlicher Geruch verbreitete sich in der Luft.

»Ich bin hier oben ja immer der letzte, der was erfährt«, sagte Nelino und untersuchte das eitrige, geschwollene Bein.

Talina stützte sich auf ihren Stock. Die Kühe waren fertig mit Wiederkäuen, im Stall lag nun die drückende Stille ihres Atmens. Eine hörte man trinken.

»Habt Ihr noch nicht von dem Toten gehört?«

Schlagartig drehte sich der Vater um und starrte die Frau an. Sergio ließ das Messer sinken.

Die Alte kaute auf irgend etwas herum. Auf ihrer Unterlippe war ein dunkler Fleck, als hätte man einen Kieselstein eingenäht.

»Der Franzose hat ihn beim Cumbo Scuro gefunden«, fuhr

sie fort. »Wenn der nicht zufällig oben gewesen wäre, hätte er vielleicht den ganzen Winter über dort gelegen.«

Das Rind, dessen Wunde nun offenlag, stöhnte leise auf. Nelino, noch immer Talina anstarrend, streckte eine Hand nach dem Tier aus und strich ihm über den Schenkel. Es wurde etwas ruhiger.

»Und wer ist es?« fragte er auf seine trockene Art.

Talina zuckte mit den Schultern.

»Angeblich dieser Fausto aus Caldane.«

Sergio drehte sich zum Fenster hin, er wollte nicht, daß man sah, was sich da gerade auf seinem Gesicht abspielte. Das Morgenlicht draußen war klar und scharf. Vom Himmel fielen nun weiße Flocken.

Im Stall herrschte so lange Schweigen, bis der Vater das Feuerzeug aufschnappen ließ.

»Solche Leute sterben nicht in ihrem Bett«, hörte er sie noch sagen.

Auf der anderen Seite des Flusses sammelten sich die Heubündel auf den gemähten Feldern, die sie von der Pfarrgemeinde gepachtet hatten. Schon ein bißchen Schnee reichte aus, und das Heu fing an zu faulen.

Sergio fürchtete sich vor dem Schweigen hinter ihm und drehte sich um. Talina und der Vater blickten sich im Halbdunkel an.

»Jedem das Ende, das er verdient«, meinte die Alte.

Nelino nickte.

Dann sah Sergio, wie die Frau ihre verkrüppelte Hand aus der Schürze zog und sich ganz schief bekreuzigte.

»Einen *caffé lungo*?«

Cesare nickte und setzte sich auf den Barhocker.

Lino drehte sich zur Espressomaschine, ließ mit einem doppelten Klick das Kaffeepulver herunter, ein metallisches Krächzen, und das Gebräu ergoß sich in die weiße Tasse.

Cesare knöpfte seine Jacke auf.

Einer der beiden alten Männer in der Ecke schielte ihn über die Karten hinweg an. Der andere, das Gesicht hinter seinem Glas versteckt, kippte einen Schluck Sambuca hinunter. Ansonsten war kein Mensch in der Kneipe, die Neonröhren über dem Billardtisch brannten nicht.

»Weiß man schon, wie's passiert ist?« fragte Lino und stellte die Tasse vor ihm auf den Tresen.

Cesare trank den Kaffee schwarz, drehte sich zu der großen Glasscheibe hin und sah auf die Piazza. Auf dem Parkplatz standen nur wenige Autos. Der Schnee überdeckte schon langsam ihre Farben.

Er hätte ja sagen können, Fausto sei hingefallen, weil er nicht aufgepaßt habe, oder er habe Schmerzen gehabt, und so hätten seine Beine nachgegeben. Doch Lino wußte sehr genau, Typen wie Fausto fallen nicht einfach hin, ihre Beine geben nicht einfach nach! Er hätte höchstens sagen können, daß Fausto beschlossen hatte, als letztes diesen Felsen und dieses Waldstück zu sehen.

»Nein, noch nicht«, sagte er und verlangte nach einer Schachtel Zigaretten.

Die Tür ging auf.

»... so ein halber Zigeuner«, war nur noch zu hören, und als die beiden Frauen Cesare sahen, verstummten sie.

Lino grüßte, damit es nicht ganz so peinlich war. Es waren zwei Schwestern aus Villar, die eine war mit einem Förster verheiratet, die andere war ledig und pflegte ihre alte Mutter.

Die Frauen bestellten Tee und setzten sich möglichst weit weg vom Tresen. Sie tuschelten hinter vorgehaltener Hand, dann stierten sie wie gebannt auf die Bushaltestelle, als würden sie ihren Blick so lange nicht von ihr losreißen können, bis der Bus käme.

»Wie alt war er denn?« fragte Lino und streckte Cesare die Gitanes hin.

»Fast einunddreißig.« Er entfernte die Folie von der Packung und schob sich den Filter zwischen die Lippen.

Ein langgezogenes Röcheln kam aus der Ecke hinter der Theke.

Wie ein Soldat oder eine Heiligenfigur saß Minot in seiner Nische beim Telefon und fuhr mit der gelblichen Zunge über ein Zigarettenpapier. Die Hände hatten die gleiche Farbe wie der helle Tabak, den er gerade drehte.

»Er kann's nicht lassen«, sagte Lino, um das Thema zu wechseln.

Cesare sah zu dem Alten, der sich über die Flamme eines Streichholzes beugte.

»Es hätte ihm doch längst geschadet – so lange wie der schon raucht.«

Lino fragte seinen Vater, ob er das gehört habe, und Minot antwortete mit einem zufriedenen Grinsen, wie immer, wenn er die Stimme seines Sohnes vernahm, der mit ihm sprach. Beim ersten Zug schien der Rauch aus sämtlichen Falten seines Gesichts zu strömen.

Cesare erinnerte sich, wie Minot vor dreißig Jahren – er war weder verheiratet gewesen, noch hatte man ihn jemals mit einer Frau sprechen sehen – im Dorf aufgetaucht war, mit diesem wenige Monate alten Säugling im Arm.

Die nächsten Tage hatte jeder seine Version zum besten gegeben. Schließlich war ein Händler aus Mondovì, der durch die

Täler zog und Esel verkaufte, mit der Wahrheit herausgerückt: Minot hatte eine Hure aus Cuneo neun Monate lang mit Geld überschüttet, damit sie ihm diesen Sohn austrage.

Jedem anderen hätte man das Leben zur Hölle gemacht, aber Minot gab den Männern immer Wein und damit den Frauen ihren lieben Frieden, weil so ihre Männer nicht ständig zu Hause herumhockten, außerdem spendete er jedes Jahr der Kirchengemeinde eine Flasche Wein, der halb zum Essen getrunken wurde, halb als Meßwein diente. Deswegen, und weil er sein Pferd für die Prozession zur Verfügung stellte, hatte es keiner gewagt, ihn schief anzuschauen. Schon bald hatte er eine Amme gefunden, und zwei Wochen später, eines frühen Morgens, war die Taufe auch schon beschlossene Sache, mit Patentante, Patenonkel und zwei Verwandten von auswärts.

Cesare ließ die Asche auf den Boden fallen.

Vor dem Tresen war frisches Sägemehl ausgestreut. An solchen Dingen merkte man, daß das Dorf schon fast zu Frankreich gehörte.

Lino starrte wie gebannt aus dem Fenster.

Cesare drehte sich um, zwischen den dicht fallenden Schneeflocken konnte er die Umrisse von fünf dicken Autos sehen, die in der Mitte der kleinen Piazza geparkt waren, ein jedes mit einem angehängten Wohnwagen.

»Sinti«, sagte einer der beiden Alten.

Cesare betrachtete die gelben Nummernschilder.

»Oben hat es bestimmt schon über einen Meter«, sagte Lino.

In dieser Nacht war Cesare auf dem Weg ins Dorf an den Zollbeamten vorbeigefahren, als sie gerade den Grenzübergang schlossen, und bei dem vielen Schnee auf seiner Windschutzscheibe hatte er sich gedacht, jetzt wird es aber höchste Zeit, denn genausoviel Schnee legt sich gerade auf Faustos Körper.

Als er im Dorf war, war er gleich zur Wache gegangen und hatte geklingelt.

Den Carabiniere, einen mediterranen Typ mit Locken, hatte er nach dem Polizeichef gefragt, sonst nichts. Man hatte Stimmen gehört, Schritte auf der Treppe, dann war Boerios verschlafenes Gesicht aufgetaucht.

»Was gibt's?« hatte er gefragt.

Eine halbe Stunde später waren sie die Bundesstraße hochgefahren. Vorn der Streifenwagen, der Krankenwagen in der Mitte, sein Auto als Schlußlicht. Sie hatten bei der Brücke geparkt, von da waren sie zu Fuß gegangen, durch die Dunkelheit, begleitet von geheimnisvollen Vogelschwärmen, die sie aber nicht gesehen hatten.

Fausto hatte am Bach auf sie gewartet, er war mittlerweile genauso hart wie ein Stein oder ein gebrochener Ast.

Der Arzt und der Polizeichef waren in Handschuhe und Stiefel geschlüpft, ins Wasser gestiegen und hatten dann, ohne einen Ton zu sagen, den Körper ans Ufer gezogen. Die beiden jungen Carabinieri hatten ihn in einen schwarzen Plastiksack gesteckt und dabei ihren Kopf vor Ekel abgewendet.

Den Rest der Nacht hatte Cesare im Flur der Leichenhalle verbracht, rauchend vor dem gekippten Fenster.

»Es ist für dich. Boerio«, sagte Lino für alle gut hörbar.

Cesare sah zum Telefon auf dem Tresen, der Hörer lag daneben.

Er nahm die Zigarette aus dem Mund und hielt den Hörer an sein gesundes Ohr.

»Ja?«

Er spürte die Blicke der beiden Frauen und der alten Männer in seinem Rücken. Das einzige Geräusch in der Kneipe kam vom Kühlschrank, der leise vor sich hin brummte.

Er sah auf die Uhr an der Wand.

»Ist gut«, sagte er und legte auf.

Er fischte die Zigarette wieder aus dem Aschenbecher und nahm einen letzten tiefen Zug.

Die Tür von einem der Wohnwagen stand offen, ein kleines

Mädchen spähte heraus und schaute sich die Gegend an. Es trug einen langen Rock und das Oberteil eines Schlafanzugs.

Cesare fragte sich, warum der Polizeichef ihn wieder aufs Revier bestellt hatte.

Das Mädchen kletterte schnell aus dem Wohnwagen, lief ein paar Schritte, die Knie verkrampft zusammengepreßt, dann hob es seinen Rock und pinkelte.

Sergio hielt das Feuerzeug hoch, um die Inschrift an der Wand besser lesen zu können.

JEDER SOLL DA STERBEN, WO ER HINGEHÖRT stand da in großen schwarzen Lettern. Daneben hatte jemand Namen und Jahreszahlen in den Putz geritzt, über den sich mit der Zeit weißer Schimmel gelegt hatte.

Er stellte die Flamme kleiner und betrachtete den Fußboden. Er war voller Kot, überall lag Müll, den die Touristen im Sommer immer hinterließen. Durch die Eingangstür drang kein Licht, nur ein schneidender Wind, der durch die Finsternis noch eisiger wurde. Die zwei Rollen verrosteter Stacheldraht sahen im Schatten wie riesengroße, rote Wollknäuel aus.

Sergio stieg drüber und durchquerte den Raum. Nach ein paar Metern führte von einer dunklen Stelle eine Treppe nach unten.

Er steckte das Feuerzeug weg.

Einen Augenblick lang verschwand alles, doch sobald sich seine Augen an die Dunkelheit gewöhnt hatten, sah er ganz unten den Widerschein einer Kerze.

Er stieg die Treppe hinunter und spürte, wie sich die Wände um ihn herum Stück für Stück in die Höhe reckten. Er folgte der schmalen Wendeltreppe und erreichte ein Zimmer mit einer niedrigen, gewölbten Decke.

Im Schummerlicht von ein paar Kerzen glotzten ihn drei Typen an, sie saßen regungslos da.

Sergio grüßte mit einem Kopfnicken.

Einer, der sich gegen die Wand lehnte, preßte mühsam ein Ciao heraus. Ein anderer hob von dem alten, ausrangierten Sofa aus lediglich leicht den Kopf. Der dritte saß im Schneidersitz auf einem Stück Pappe und drehte weiter seine Zigarette.

»Hast du schon von dem aus Caldone gehört?« meinte der auf dem Sofa.

Das Zimmer hatte keine Fenster, trotzdem zog es in dem Raum, denn der Wind pfiff durchs Gemäuer. Unter einem feuchten Fleck stand DUCE LUCE, Führer, unser Licht.

Sergio nickte, ja, er habe davon gehört.

Der junge Kerl tat einen tiefen Seufzer, dabei spannte die Kleidung über seinem fetten Körper. Aus den viel zu kurzen Jeans schauten grünkarierte Socken heraus.

Der auf dem Boden Sitzende schüttelte den Kopf.

»Cipolla meint, er hätte Pech gehabt. Ich glaube eher, er hat sich einfach runtergestürzt«, sagte er hastig und zündete sich die selbstgedrehte Zigarette an, seine Augen zuckten ein paarmal nervös.

Sergio musterte ihn.

Sie nannten ihn Romano. Sein Vater war unter einen Traktor gekommen, als er noch die Grundschule besuchte, und seitdem ließ dieser nervöse Tick seine Sommersprossen auf der Nase tanzen. Er hatte etwas von einem Hundewelpen, der nicht gestreichelt werden will.

Eine der Kerzen gab ein Zischen von sich, dann erlosch sie. Von draußen kam nicht das leiseste Geräusch, als wäre die Welt längst untergegangen.

Sergio richtete seinen Blick auf die Skelette von vier Bettgestellen, die an der Wand übereinandergestapelt waren.

Was er in jener Nacht gesehen hatte, schien ihm jetzt noch viel bedeutungsvoller. Er wollte schon davon erzählen, aber die Worte blieben ihm im Halse stecken.

Der an der Wand hustete.

Über dem Ohr hatte er eine lichte Stelle, weil seine Mutter ihm die Haare immer mit irgendeiner alten Schere schnitt. Er trug eine schwarze Jacke – ein paar Jahre zuvor wäre sie vielleicht modern gewesen.

»War doch klar, wie der mal enden wird«, sagte Cipolla.

Im Raum roch es ganz so, als hätte jemand einen fahren lassen, Romano grinste und seine spitzen Zähne wurden sichtbar.

»Frag doch deine Schwestern, wie's denen ergangen ist.«

Cipolla stach mit einem Stück Draht in die dicke Kakerlake auf dem Fußboden, die er auf den Rücken gedreht hatte.

»Frag doch deine Mutter ...«, er wollte schon weiterreden, doch Romano spuckte ihn an.

Die Spucke fiel auf eines der Kissen, gemächlich rann sie daran herunter. Cipolla drehte nur leicht den Kopf.

»Stimmt es, daß der Franzose ihn gefunden hat?« fragte Sergio.

Alle drehten sich in seine Richtung.

»Ja, er war oben beim Cumbo, da schwamm die Leiche schon halbverwest im Wasser«, meinte Romano nickend.

Sergio spürte, wie sich sein Magen zusammenzog und er steckte die Zigarette, die er schon im Mund hatte, wieder zurück in die Tasche. Die Kakerlake zwischen Cipollas Füßen zappelte mit den Beinen in der Luft; wie ein Schwert, das eine Rüstung durchstochen hatte, steckte der Draht in ihrem Bauch.

Als sie hinausgingen, war das Tal bereits von einem grellen Weiß bedeckt.

Cipolla und Romano zogen sich ihre Skimützen aus Schulzeiten über, schlossen Romanos Enduro auf, die sie an die Mauer gekettet hatten, und wischten den Sattel ab. Der Schnee fiel auch weiterhin zielstrebig vom Himmel, milchige Fäden hingen von den Wolken und streiften leicht die Wipfel der Bäume.

»Wir gehen runter zur Spielhalle, mal schau'n, ob's was Neues gibt.« Sergio dachte sich, wenn's irgendwo was Neues gibt, dann im *Angelo*. Er dachte an das Geschwätz der Alten und daran, wie sie sich immer hinter ihren Karten verschanzten; an die Leute, die ihr Gesicht verzogen, sobald Fausto die Kneipe betrat – hätte man ihnen Salz in den Kaffee gekippt, hätten sie ihr Gesicht nicht so verzogen.

Er mußte an Faustos süffisantes Grinsen denken und an seine Art, immer ein Getränk im voraus zu bezahlen, für den

Nächsten, der in die Kneipe kam. Einmal hatte Sergio ihn sagen hören, er hätte das in Neapel gelernt.

Im Tal schlug es neun Uhr.

»Und?«

Sergio schüttelte den Kopf. »Hab schon was anderes vor.«

»Und du, Osvaldo?« fragte Cipolla.

Osvaldo zog die Schultern hoch – nein, er könne nicht.

Mehr sagten sie nicht. Sie verabschiedeten sich auch nicht voneinander. Das Motorrad verschwand hinter der ersten Kurve, zurück blieb der Gestank nach Abgasen. Ein paar Sekunden später hatte der Schnee auch den Lärm des frisierten Motors geschluckt.

Sergio sah Osvaldo an. Seine Lippen waren blau vor Kälte, auf den blassen Wangen wuchsen ein paar spärliche blonde Härchen. Die Hände hatte er in den Jackentaschen vergraben.

»Ich muß dir was zeigen«, sagte Sergio.

Osvaldo scharrte verlegen mit den Schuhen im Schnee.

»Eine von unseren Kühen kann nicht mehr aufstehen. Ich muß heim und ihr Magnesium geben«, sagte er schließlich.

Sergio sah hinüber nach Alboin und versuchte, unter den Dächern die kleine Hütte von Osvaldo ausfindig zu machen.

Er dachte an die feuchte Küche, in der er einmal gewesen war, an den nicht vorhandenen Fernseher und an den älteren Bruder, der erst beim Militär gewesen war, jetzt war er Fabrikarbeiter in Cuneo und besuchte seine Familie nicht mal an Weihnachten. Er dachte an die Mutter und an die alte Schere, mit der sie Osvaldo die Haare schnitt; an den Vater, der mit der Harnflasche am Bein am Tisch saß.

Er schwang sich auf den Sattel der Enduro.

»Vielleicht ist sie ja schon wieder aufgestanden, wenn ich heimkomme.«

Osvaldo nickte, hoffen wir's, dann verabschiedete er sich wie ein richtiger Erwachsener und stapfte nach Hause.

Das letzte Mal, als im September Schnee lag, war vor fünfzehn Jahren gewesen.

Er war auch dieses Mal über Nacht gefallen, morgens waren sie aufgewacht und die Berge waren weiß gewesen.

»Viel zu früh«, hatte Adele gesagt, als sie aus dem Fenster sah.

Schweigend hatte er ihr blasses Gesicht betrachtet, die glänzenden Augen, und gehofft, sie hätte den Sommer gemeint, der zu Ende ging, oder die Tiere im Wald, die noch nicht auf den Winter vorbereitet waren.

Er hatte sie auf die Stirn geküßt, dann hatten sie schweigend gefrühstückt, sie, wie immer, Tee mit Zitrone und Brot, er nur schwarzen Kaffee.

Die Uhr schlug neun Mal. Cesare wartete den letzten Schlag ab, dann verließ er die Bar, die Hände in den Jackentaschen, und ging in Richtung des älteren Dorfteils.

Der Ort hatte anscheinend alle Mühe aufzuwachen. Die Rolläden der Geschäfte waren noch immer heruntergelassen, viele Fenster waren dunkel. Der Rauch quälte sich durch die Schornsteine.

Vor der Kirche hockte ein Grüppchen Frauen, sie hatten ihre Pflicht bereits erfüllt und schwatzten nun auf dem Kirchplatz. Eine war eine entfernte Verwandte, mit einem leichten Kopfnicken grüßte sie Cesare kühl, die anderen sahen weg.

Anscheinend hatte die Haushälterin des Pfarrers ihren Mund nicht halten können, dachte er sich, vor zwölf wird sich die Nachricht schon im ganzen Tal herumgesprochen haben.

Er wechselte auf die andere Straßenseite, lief an einem rosafarbenen Gebäude entlang, bis er vor einem Tor stand. Es war offen, aber in dem Haus brannte noch kein Licht. Im Hof war der Landrover der Carabinieri geparkt, daneben ein dunkles Auto.

Er kramte nach einer Zigarette und versteckte sich etwas abseits unter einem Balkon.

Auf der Fassade war das weiße Schild *Krankenstation* angebracht, auf dem auch irgendeine Abkürzung und eine Freecall-Nummer standen.

Wildwachsende Rosen hatten mit der Zeit die okzitanischen Rosetten und Säulen bis zum zweiten Stock hinauf überwuchert.

Dann war ein Quietschen zu hören und eine der beiden Türen öffnete sich.

Cesare sah den Polizeichef die Treppe herunterkommen, gefolgt von einem dicken Mann im Lodenmantel.

Die zwei unterhielten sich, vielleicht über den Neuschnee oder die qualmenden Schornsteine, dann gaben sie sich die Hand, und der Mann ging zu seinem Wagen. Er trug elegante, flache Schuhe, unter dem Arm eine Ledertasche.

Cesare wartete, bis das Auto an ihm vorbeigefahren war, dann warf er die Zigarette weg und trat zum Polizeichef an der Tür.

»War das der Arzt?«

Boerio nickte. Schweigend gingen sie den Gang entlang, umgeben vom Echo ihrer Schritte.

Die Neonröhren brannten noch nicht, und durch die Glasfront zum Hof drang nur gedämpftes Licht, das zu schwach war, um Schatten zu werfen. Von der Decke hingen Spinnweben voller Staub. Die Hitze von den Heizkörpern ließ sie zu einer sehr langsamen Musik tanzen.

Am Ende des Flurs bogen sie nach rechts in einen schmalen Gang mit hellblauen Wänden, der an einer Metalltür endete.

Boerio kramte in seiner Jackentasche und zog einen Dienstschlüssel heraus. Cesare bemerkte, daß er eine andere Uniform trug und sich rasiert hatte, aber anscheinend in aller Eile, denn auf seinen Wangen hatte die Klinge rote Spuren hinterlassen.

Unter den kleinen Augen waren zwei violette Müdigkeitsringe zu sehen.

»Rühren Sie bitte nichts an«, sagte der Polizeichef.

Als die Tür hinter ihnen zuschlug, stand Cesare in diesem großen, kahlen Raum, dessen Wände und Fußboden weiß gefliest waren.

In der Ecke, die das Tageslicht nicht erreichte, konnte man ein Waschbecken, ein Handtuch und Flüssigseife erahnen. An der Wand gegenüber stand ein Metallschrank, er war mit einer Kette verschlossen.

Cesare den Rücken zugewandt, öffnete Boerio das Fenster und sah hinaus. Ein paar Meter weiter versperrte eine Betonmauer die Sicht. Trocken wie kleine Stoffetzen fielen die Schneeflocken in den Schacht.

Wegen des beißenden Ammoniakgestanks kniff Cesare die Augen zusammen. Auf dem Metallbett in der Mitte des Raumes zeichnete sich unter dem Laken die lange magere Gestalt des Körpers ab.

»Was waren wir nur für Idioten«, sagte Boerio.

Irgendein Verdacht schlich sich in Cesares Kopf, etwas ziemlich Offensichtliches, das er aber bisher, aus Faulheit oder Angst heraus, nicht bedacht hatte.

Er sah auf das Abflußrohr unter dem Bett.

Der Arzt hatte mit seinen Schuhen Abdrücke auf dem feuchten Fußboden hinterlassen. Aus einer Plastiktüte hingen die benutzten Plastikhandschuhe und ein roter Ärmel von Faustos Hemd.

Im Flur zog jemand einen Wagen hinter sich her. Darauf mußten irgendwelche Flaschen stehen, denn das Klirren von Glas war auch dann noch zu hören, als die Schritte längst verhallt waren.

Als alles wieder ruhig war, ging Boerio zu dem Bett.

»Ich bin jetzt nicht mehr für den Fall zuständig«, sagte er und hob das Laken gerade so weit, daß Cesare etwas sehen konnte.

Der Elf-Uhr-Bus kam mit zwanzig Minuten Verspätung.

Cesare ließ zuerst die Frau einsteigen, die mit ihm im Bushäuschen gewartet hatte, dann nahm auch er die zwei Stufen und stand vor dem Fahrer.

Der kam aus Ponte und war ungefähr in seinem Alter. Seit zwanzig Jahren fuhr er diese Strecke, und vom vielen Lenken auf den Serpentinen waren seine Arme schon ganz krumm.

Auf seiner linken Wange hatte er ein dunkelrotes Muttermal, das auch sein spärlicher Bart nicht verbergen konnte.

»Ciao, Franzose«, sagte er und sah ihn dabei mit zusammengekniffenen Lippen an.

Cesare bemerkte, wie er nach den richtigen Worten suchte, um ihm zu sagen, wie leid es ihm täte, da holte Cesare schnell das bereits abgezählte Geld heraus und legte es in das kleine Schälchen am Armaturenbrett. Der Mann war noch unschlüssig, entschied sich dann aber fürs Schweigen und ohne nachzufragen, löste er ihm eine Fahrkarte nach Rore.

Cesare setzte sich ganz hinten auf seinen Stammplatz, und schon knatterte der Bus los, immer weiter bergab die Straße hinunter.

Die Frau, die mit ihm eingestiegen war, hatte sich direkt hinter dem Busfahrer plaziert. Ein kleiner Junge mit Rucksack und ein alter Mann saßen nebeneinander in der Mitte.

Das Kind stellte permanent Fragen, die alle mit »warum« anfingen. Der Mann, von dem Cesare nur den grünen Hut mit schmaler Krempe sah, antwortete jeweils mit »ja« oder »nein«; wenn er etwas nicht wußte, stieß er eine Art Pfeifen aus, es sollte wohl heißen, das ist viel zu kompliziert, das kann man nicht erklären.

Cesare drehte sich zum Fenster, rechts von ihm zogen die letzten Häuser von Sampeyre vorbei. Dahinter erhob sich weiß und unverrückbar das Gebirge. Aus den Hütten, die über die Hänge verstreut waren, stiegen dünne Rauchschwaden auf.

Der Busfahrer schaltete herunter, hielt am Stoppschild, und im ganzen Tal breitete sich das gleichförmige Brummen des Motors aus.

Der See tauchte auf.

In diesem reinen, weißen Schnee sah er aus wie ein dunkles Schlammloch. Ein paar Enten, die den Wintereinbruch noch immer nicht wahrhaben wollten, durchpflügten das Wasser und zogen dabei akkurate Dreiecke hinter sich her.

Zum ersten Mal spürte Cesare den Schmerz.

Bisher waren es Wut und Ekel und Erschöpfung gewesen, doch jetzt war es reiner Schmerz.

Er mußte daran denken, wann er Fausto das letzte Mal gesehen hatte, Donnerstag, als Markt war.

Sie hatten sich am Tresen gegenübergesessen und keinen Blick gewechselt. Draußen das Stimmengewirr der Leute, die die Stände durchwühlt hatten. Drinnen, in der Kneipe, das Schweigen, das die beiden seit Jahren kultivierten und auch diesmal nicht gebrochen hatten.

Er vergrub das Gesicht in den Händen.

Mit seinen Fingern konnte er die rauhe Haut spüren, die ihn älter machte, als er war, die Falten um seine Augen, der kurzgeschorene, stoppelige Bart. Ihm war, als hätte jene Nacht all dies für immer in ihn eingebrannt.

Er fühlte sich beobachtet und öffnete die Augen.

Der Junge kniete nun auf dem Sitz und musterte ihn. Er hatte die Wollmütze abgenommen, sein Seitenscheitel war verschwunden, und die verwuschelten Haare fielen ihm in die Stirn.

Cesare berührte sein verstümmeltes Ohr, das bei jedem Jahreszeitenwechsel schmerzte.

Der Junge nahm es als Aufforderung und tat es ihm nach,

dann starrte er ihn wieder an und wartete auf ein weiteres Zeichen, doch es kam keines.

Als der Bus hielt, stieg Cesare hinten aus, keiner grüßte ihn oder sah ihm nach. Er blieb noch so lange stehen, bis das dicke Hinterteil des Busses am Ende der langen, geraden Straße verschwunden war, dann zündete er sich eine Zigarette an und ging Richtung Dorf.

Die Häuser waren baufällig und in sich zusammengefallen. Die angebrachten Schilder *ZU VERKAUFEN* waren zusammen mit den paar Leuten, die noch geblieben waren, alt geworden.

Er überquerte die kleine Piazza mit dem Tabakladen und der Bar, stieg eine Steintreppe hoch, die jemand vom Schnee freigeschaufelt hatte, und stand vor einem großen modernen Gebäude. Wie immer kam es ihm wie ein riesiges Schiff vor, das man nur zum Spaß dort abgestellt hatte und das nun wartete, bis das Wasser hoch genug steigen würde. Diesmal mußte er bei dem Gedanken allerdings nicht lächeln, und er mußte auch nicht an früher denken.

Er ging durchs Tor und drückte die Glastür auf.

Eine Frau saß hinter dem Empfangstresen aus lackiertem Holz und telefonierte. Sie war jung, schlank, ihre Haare waren zu einem langen Zopf geflochten, der über ihre hellblaue Bluse fiel.

Als sie ihn sah, winkte sie ihn zu sich.

»Er ist im Fernsehzimmer«, sagte sie lächelnd, nahm den Hörer und sprach wieder mit jemandem, den sie siezte.

Cesare lief den Gang entlang, zählte rechts die Türen, vor der sechsten blieb er stehen.

Vorsichtig öffnete er.

Ein alter Mann saß am Fenster, mit leicht geöffnetem Mund beobachtete er die Schneeflocken hinter der Scheibe. Auf seinen Knien hatte er ein Schälchen Apfelkompott. In dem Raum standen noch weitere Stühle, aber alle leer.

»Parin Giors«, rief Cesare.

Der Mann drehte seinen Kopf und verharrte in einem Lächeln, sein Zahnfleisch war zu sehen. Er hatte große Ohren, über die ein paar dünne, schneeweiße Haarsträhnen fielen. Sein magerer Körper steckte in einem braungemusterten Schlafanzug.

»Es schneit.«

Cesare trat näher und setzte sich ihm gegenüber.

»Ja, es schneit«, wiederholte er.

Parin Giors schüttelte den Kopf vor Verwunderung – über das Wetter, über die Worte.

»Und Mama? Was sagt meine Mama?«

Auf einer Konsole murmelte ein Fernseher leise vor sich hin.

»Sie läßt dich schön grüßen. Es geht ihr gut.«

Parin Giors stutzte, er fühlte und durchlebte noch einmal diesen leichten Schmerz. In seinen grünen Augen erkannte Cesare die von Fausto wieder, und er wußte, es würde ihn einige Überwindung kosten.

»Sie wollte nicht, daß ich zum Militär ging, aber ich ...«

Cesare unterbrach ihn, legte die Hand auf seine Knie, die so schmal waren, daß er beide umfassen konnte. Seit elf Jahren schon besuchte er ihn zweimal die Woche und hörte ihm geduldig zu, aber diesmal nicht, diesmal hatte er ihm etwas zu sagen.

Cesare sprach langsam, erklärte genau, wo es passiert war, er wußte, für alte Menschen ist das Wo fast noch wichtiger als das Wie, und als er fertig war, war nur noch die zufriedene Stimme aus dem Fernseher zu hören, sonst nichts. Es erschien ihm wie eine Ewigkeit.

Parin Giors betrachtete die dicken Schneeflocken durchs Fenster, sie waren so weit weg.

»Der Anzug hängt in dem Schrank im Flur«, sagte er schließlich.

Cesare nickte, er würde ihn schon mal herausholen, für die Beerdigung.

Er sah auf die Hände des Mannes, die ihn bei der Taufe gehalten hatten, dann auf seine eigenen, die Faustos Stirn befeuchtet hatten. Er dachte an seinen Vater und Parin Giors, wie sie allein aus Rußland ins Tal zurückgekehrt waren, zwei von zweiundfünfzig! Ihre Familien waren blutsverwandt und durch Freundschaft verbunden, schon seit zwei Generationen.

Der Alte stieß einen langen Seufzer aus, seine Schultern hoben und senkten sich lautlos.

»Das ist keine Arbeit für einen rechtschaffenen Menschen.«

Mit gesenktem Blick steckte Cesare die Ohrfeige ein und schob sich eine Zigarette in den Mund, ohne sie anzuzünden, nur damit er etwas zwischen den Lippen hatte, damit er beschäftigt war.

Parin Giors war zu alt, um von den zwei Schüssen zu erfahren, die die Lungen seines Sohnes zerfetzt und ihn dann, ohne daß er Luft bekam, ins Wasser gestürzt hatten.

Der Vater saß an der Schmalseite des langen Tisches, die Augen starr auf den Fernseher gerichtet.

Vom Kirchturm in Calchesio hatte es eben zwölf Uhr geschlagen, aber Nelino war schon mit dem Essen fertig und schnitt gerade einen Apfel durch.

Sergio knallte die Tür zu, um ihn darauf aufmerksam zu machen, daß er wieder da war. Der Vater rührte sich nicht.

Die Küche war geräumig. Durch das Fenster nach Norden drang das Licht bereits leblos herein, das Fenster nach Süden sah aus wie ein weißes, rahmenloses Bild. Die Möbel waren aus verschiedenen Haushalten zusammengewürfelt.

Er ging zum Küchenschrank, nahm das Geschirr und deckte für sich den Tisch.

Auf der Tischdecke lagen noch drei Pellkartoffeln, eine halbleere Sardinenbüchse und ein Stück Brot vom Vortag. Die 60-Watt-Birne über dem Tisch tauchte alles in ein elfenbeinfarbenes Licht.

»Wir werden's wohl bei jemandem kaufen müssen, der schlauer ist als wir.«

Sergio wußte, der Vater meinte das Heu. Er stach mit der Gabel in eine Kartoffel und kippte den Rest aus der Dose darüber. Der uniformierte Mann von der Wettervorhersage im Fernsehen sprach von Schneefall ab tausend Metern und ein paar gesperrten Alpenpässen. Sergio konnte sich kaum vorstellen, daß ein so alter Mann früher einmal Flugzeuge gesteuert hatte.

Nelino nahm die noch feuchte Toscano aus dem Aschenbecher und steckte sie sich an. Als der Rauch hochstieg, schloß er die Augen.

»Und, was haben sie in der Kneipe über den aus Caldane so erzählt?«

Sergio zuckte mit den Schultern und kaute weiter auf seinem Essen herum.

Das bißchen, das er in der kurzen Zeit im *Angelo* gehört hatte, würde ausreichen, um einen ganzen Roman zu schreiben. Die meisten waren sich darüber einig gewesen, daß er kein anderes Ende verdient hatte. Nur Serafino hatte den Toten in Schutz genommen, und als sie ihn einen Volltrottel nannten, hatte er gesagt, sie sollten bloß aufpassen, am Tag ihrer Beerdigung würde ihnen bestimmt keiner nachtrauern.

Das Zeitzeichen signalisierte zwölf Uhr dreißig, dann tönte die Melodie zu den Regionalnachrichten durch die Küche. Eine Frau im roten Kostüm erschien hinter einem Pult. Zunächst sprach sie von allen möglichen Unglücksfällen, dann vom Wetter.

Schweigend hörten sie zu, beide warteten sie auf dieselbe Meldung.

Gegen Ende nannte sie Faustos Vor- und Nachnamen. Sie sprach von einem Mord, der das ruhige Leben in dem Tal aufgeschreckt habe. Das Ganze dauerte nur wenige Sekunden, dann folgten Bilder von einem Kirchweihfest.

Der Vater stand auf und trug seinen Teller zur Spüle.

Sergio starrte auf den Tisch, wo sich zwei Fruchtfliegen ein Gefecht lieferten oder sich paarten. Im Kamin kämpfte ein mickriges Feuer mit einem dicken Holzscheit. Ab und zu gab der Baumstumpf einer stattlichen Buche ein leises Zischen von sich, als wollte er sein Schicksal nicht akzeptieren.

»Komm runter und hilf mir«, sagte Nelino nach dem Abspülen. Als er nach draußen ging und die Tür hinter sich zuzog, erschien Sergio der Raum mit einem Mal viel heller.

Er betrachtete seine Hände auf dem roten Wachstuch. Klein und blaß waren sie. Die Adern, die manchmal heraustraten, waren jetzt dünne, blaue Linien unter der Haut.

Er ging zur Konsole; zwischen Telefonbuch und Schreibblock, den der Vater als Haushaltsbuch verwendete, lag eine alte

Karte vom Tal. Durch den Fußboden drangen drei ungeduldige, dumpfe Schläge.

Sergio breitete die Karte auf dem Tisch aus, mit dem Zeigefinger folgte er der gelben Linie der Talsohle. Er stieß auf Sampeyre, Calchesio, dann auf ihr kleines Dorf – vier winzige, schwarze Rechtecke direkt am Fluß. Da, wo sich das Tal teilte, folgte er rechts der Abzweigung in Richtung Grenze, dann oben beim Damm, gleich hinter Castello, fand er das Fiutrusa-Tal.

Er versuchte sich daran zu erinnern, wie es vor fünf Tagen, nachts, ausgesehen hatte: nicht besonders groß, aber tief, auf der linken Seite lauter Tannen, Richtung Westen war es karger und rauher. Ein Bach stellte das Rückgrat dar, versunken in einem schmalen Felsschlund.

Er sah wieder Faustos Gestalt vor sich, wie er sich sicher bewegt hatte und die anderen ihm gebeugt gefolgt waren. Wie die Gruppe nach und nach von der Dunkelheit des Tals verschluckt worden war.

Sein Gesicht glühte, von der nicht gerade warmen Küche kam es bestimmt nicht.

Mit seinen Augen folgte er dem Pfad, der in der Karte neben dem Fluß verlief, und in der Senke einer Weide stieß er auf ein paar Almhütten ganz oben am Hang. Mit Sicherheit standen sie auch den Sommer über leer, denn im Tal gab es genug andere Almen, die mit dem Vieh viel leichter zu erreichen waren. Vom Tal brauchte man eine Stunde und nachts im Tiefschnee wahrscheinlich doppelt so lange.

Beim Lesen bewegte er seine Lippen.

Es waren die Namen derer, die früher die Hütten bewohnt hatten: Serre, Rouph, Russi. Jetzt waren sie tot, übriggeblieben waren nur noch ihre Namen und bei den Frauen nicht mal das. Vielleicht würde bei ihnen eines Tages auch nur noch Ceriera dei Galliano stehen, wenn er und sein Vater nicht mehr wären.

Wieder drang von unten ein Klopfen durch den Fußboden.

Sergio versuchte sich die Stelle einzuprägen, wo der Weg über den Bach führte, dann die einzelnen Berge, die ihn in der Dunkelheit umgeben würden. Schließlich faltete er die Karte zusammen und räumte sie weg.

Er ging in den Keller, wo der Vater gerade die Schöpfkelle säuberte. Daneben lehnte noch immer der Stock, mit dem er gegen die Decke geklopft hatte.

»Fang oben an«, sagte Nelino.

Sergio lehnte die Leiter gegen einen Regalpfosten, stieg hoch und begann, die obersten Käselaibe zu wenden.

»Warum heißt der aus Confine eigentlich Franzose?« fragte er nach einer Weile.

Nelino klopfte auf die unteren Laibe, um ihren Reifegrad festzustellen. Sergio merkte, daß sein Vater nach wenigen Worten suchte, um eine lange Geschichte zusammenzufassen.

»Nach dem Krieg hat der Vater seine Familie mit nach Marseille genommen.«

Er schob einen Laib, der noch ziemlich weich war, unter die Presse und rieb ihn mit grobkörnigem Salz ein.

»Ab da wurden sie vom Unglück verfolgt.«

Sergio mußte an den Franzosen denken, wie er immer in die Kneipe kam, eine Packung Gitanes kaufte und einen Pastis trank. Er grüßte mit *bonjour*, wechselte aber nie mit jemandem ein Wort. Vielleicht lag in diesem Schweigen ja das ganze Unglück, das ihn verfolgt hatte.

Vorsichtig stieg er die wackelige Leiter hinunter und setzte sich auf einen Melkschemel. Der Keller war dunkel, und es roch nach geronnener Milch. Vor dem einzigen Fenster des Raumes hing ein schwarzes Tuch, das das Licht zurückhielt.

»Und was hatte er mit dem aus Caldane zu schaffen?«

Nelino schloß die Pumpe an, um das Sieb zu säubern.

»Er war sein Taufpate«, doch die Worte verloren sich zur Hälfte im Wasserstrahl, der gegen das Sieb prasselte.

Sergio musterte ihn. In seiner Arbeitshose, die in den Stiefeln steckte, sah er aus wie ein armseliger Reiter.

»Aber wenn der aus Caldane …«

Mit einem strengen Blick, der deutlicher als mit Worten sagte, ich will darüber nicht mehr reden, schnitt der Vater ihm das Wort ab.

»Wenn ein Hund sprechen könnte, würde er mit am Tisch essen«, schickte er noch hinterher, dann schlug er mit der offenen Hand auf den Toma-Käse, daß die Molke in alle Richtungen spritzte.

Im Februar 1949 waren sie nach Marseille gekommen, und schon eine Woche später hatten alle eine Stelle als Tagelöhner.

Cesares Vater war Hilfsarbeiter am Hafen, der gerade gebaut wurde. Marisa, die sich aufs Kardieren und Spinnen von Wolle verstand, wurde, noch bevor sie ihre Koffer ausgepackt hatte, in der Fabrik eingestellt. Und die Mutter, die fließend Französisch sprach, arbeitete im Hotel du Bon Visage. Man hatte ihr zwei hübsche, schwarze Kleider und ein Stück Seife in die Hand gedrückt, damit sie immer tadellos bei der Arbeit erschien und sich vor den feinen Herren blicken lassen konnte.

Sie wohnten bei einer Witwe zur Untermiete: Ein Zimmer mit zwei Ehebetten, und in die Küche durften sie erst abends ab halb neun, wenn sich die Madame in den Salon zurückgezogen hatte. Dazu noch Außentoilette, denn das Bad in der Wohnung war eben erst saniert worden, und die Signora wollte nicht, daß sie es benutzten.

Da Cesare erst elf war und Arme so dünn wie Spinnenbeine hatte, hatte sich der Vater darum bemüht, daß er die Grundschule besuchen konnte.

Die Schule war eine riesengroße Halle an der Straße Richtung Zementwerk. Früher war sie eine Lagerhalle für Lavendel gewesen, doch als die Parfümfabrik hatte schließen müssen, hatten die Besitzer das Gebäude an die Stadt verkauft.

Sie waren vierunddreißig in der Klasse, fast ausschließlich Italiener und Algerier, ein paar Spanier und zwei Franzosen. Die Lehrer und Mitschüler nannten Cesare nur den *montagnard*, weil er auch bei schönem Wetter Bergschuhe trug und weil die paar Worte, die er auf französisch konnte, durch seinen

Patuà-Dialekt sehr hart klangen. Er lernte zu schweigen und lieber den süßlich-modrigen Duft des Lavendels zu schnüffeln, den der Regen aus den Mauerritzen spülte, bis man völlig benebelt war. Am Ende des Schuljahres war er durchgefallen, und der Vater besorgte ihm Arbeit auf der Baustelle.

Um sechs Uhr morgens ging's los, bis abends, wenn die Sonne unterging und man Gefahr lief, sich vor lauter Müdigkeit Beton auf die Füße zu kippen.

Die Arbeiter waren entweder Italiener oder Spanier von der Küste. Ab und zu tauchte ein Franzose auf, aber nur so lange, bis er die Erlaubnis zur Einschiffung bekam und abhauen konnte.

Um zwölf hatten sie eine Stunde Mittagspause.

Er und sein Vater setzten sich immer etwas abseits, teilten sich Polenta und Tomaten, während die anderen zum Essen in die Kantine gingen. Vom ersten Tag an hatte sein Vater ihm immer wieder gepredigt, wenn er ein echter Franzose werden wolle, dürfe er sich nicht mit den anderen Arbeitern abgeben. Sie sprachen auch nicht mehr Italienisch miteinander, und als sein Vater mitbekam, daß er rauchte, hatte er ihm höchstpersönlich die erste Schachtel Gitanes gekauft – wenn er schon rauchen mußte, dann wenigstens eine französische Marke.

Gegen Abend kam dann immer der Vorarbeiter und läutete die Glocke. Er griff allen in die Taschen, zählte das Werkzeug nach, erst dann verteilte er den Tagelohn. Auf dem Nachhauseweg sang der Vater ein Lied aus der Heimat, hörte aber sofort auf, wenn sie jemandem begegneten.

Sechs Jahre ging das so. Unter der Woche auf den Gerüsten am Hafen, sonntags auf einer Bank, um die einfahrenden Schiffe anzuschauen und die Kräne, die sich auf der Mole in den Himmel reckten.

1955 war der Hafen dann fertig.

Es gab eine große Einweihungsfeier mit Sekt, und eine Band spielte *Va' pensiero*. Er tanzte mit seiner Schwester. Der Vater dagegen saß die ganze Zeit über nur teilnahmslos da und schabte sich mit einem Messer die Hornhaut von den Händen – als hätte da schon etwas an ihm genagt.

Am nächsten Tag entließen sie zweiundachtzig Leute.

Die aus der Gegend kehrten zurück zu den Weinbergen oder auf die Lavendelfelder. Die anderen, die ein Zigeunerleben gewöhnt waren, gingen nach Athen, angeblich sollte dort ein neuer Hafen gebaut werden. Sie selbst aber konnten keinesfalls zurück in ihre Heimat, sie hätten sich nur zum Gespött des ganzen Tals gemacht, und so mußten sie sich irgendwie durchschlagen.

Der Vater fand eine Stelle als Maurer, auch wenn das in seinem Alter hieß, tagtäglich Lotto zu spielen und zu hoffen, daß er mehr als zwei Richtige hätte. Die Mutter, die im vergangenen Jahr nur halbtags als Dienstmädchen beschäftigt gewesen war, fing nun an, ganztags auf dem Fischmarkt zu arbeiten.

Die Schwester war seit zwei Jahren weder eine große Hilfe noch eine Last für die Familie gewesen. Sie war in die Altstadt gezogen und hatte einen Händler samt Fünf-Zimmer-Wohnung über dem Kurzwarenladen geheiratet. Von Zeit zu Zeit hatte sie ausrichten lassen, es gehe ihr gut, und zwar über ihr Dienstmädchen, das sie sofort eingestellt hatte, damit es ihr die Drecksarbeit abnahm.

Er selbst war einen Monat lang immer erst spät aufgestanden und dann faul durch die Stadt geschlendert.

In dieser Zeit hatte er Marseille richtig kennengelernt.

Das Zentrum, wo die Männer den ganzen Nachmittag über draußen saßen. Das Arbeiterviertel Estaque, die Zementwerke und die Baracken der Algerier entlang der Eisenbahnlinie. Die schnellen und blitzblanken Autos vor den Clubs, aus denen Tag und Nacht Musik dröhnte. Die Frauen, die frühmorgens die engen Gassen hinunter zum Markt trippelten; ihre Hände waren noch geschwollen vom Vortag, unter ihre Kleider hatten sie Zeitungen gestopft, als Schutz vor der Kälte aus den mit Eis gefüllten Kühlwannen.

Als er genug von diesem Lotterleben hatte, ging er zum Hafen und bewarb sich bei der Aufsicht.

Eine Woche später meldeten sie sich. Sie fragten ihn, ob er schon achtzehn sei und schwimmen könne. Seinen achtzehnten Geburtstag hatte er erst kürzlich gefeiert, und bei der zweiten Frage hatte er so getan, als verstehe er die Sprache nicht. Der Beamte zeigte ihm, wo er unterschreiben mußte.

Am Morgen seiner Abreise begleiteten ihn alle zum Hafen, sogar seine Schwester kam, mit dem neuen Fotoapparat in der Tasche, ihr Mann wußte davon allerdings nichts.

An dem Tag war es absolut windstill, und nicht einmal er, der noch nie auf dem Meer gewesen war, hatte Angst. Das Schiff sah einfach wie eines der Häuser aus der Altstadt aus, nur daß es sich jederzeit von der Erde lösen und in See stechen konnte.

Als er das sagte, mußten alle lachen.

Sie hatten sich auf die Bank gesetzt, waren eng zusammengerückt, und irgendwie spürte er, es war das letzte Mal. Dann wollten die Frauen unbedingt ein Foto von ihren beiden Männern.

Cesare betrachtete seinen Vater in Schwarzweiß auf dem gerahmten Bild, das auf dem Nachttisch stand. Die Haare nach hinten gekämmt, wie er sie damals trug. Den zusammengekniffenen Augen war anzusehen, daß er alle Mühe hatte, die Tränen zurückzuhalten. Er selbst war dünn, kurze Haare, Zigarette im Mund – die gleiche Marke wie jetzt. Im Hintergrund die Poller eines Kais.

Er rutschte ans Kopfende und drückte die Zigarette im überquellenden Aschenbecher aus. So hatte er den Nachmittag verbracht, auf dem Bett liegend, einschlafen konnte er nicht. Jedes Mal, wenn er die Augen schloß, hatte er wieder den Geruch jener Nacht in der Nase, und die Übelkeit würgte ihn. Also steckte er sich wieder eine Zigarette an, um dieses Gefühl loszuwerden.

Von der Straße ertönte ein Hupen.

Die Hündin hob den Kopf von ihrem Teppich, auf dem sie immer schlief, hatte aber keine Lust aufzustehen. Cesare ging zum Fenster und schob den Vorhang beiseite. Wie eine Kakerlake im Mehl versank der Streifenwagen im Schnee.

Er zog sich seine dicke Jacke über, strich Micol über den Rücken und trat hinaus.

Einer der beiden jungen Carabinieri, den er neulich schon gesehen hatte, ließ ihn einsteigen. Boerio saß vorn, er drehte sich nicht um, sondern starrte auf die Schneeflocken, die auf die Windschutzscheibe fielen. Die Uhr auf dem Armaturenbrett zeigte siebzehn Uhr vierunddreißig, das Licht war jetzt schon fahl.

Um Viertel vor sechs erreichten sie das Dorf.

Vorbei an der Piazza, wo der Schneepflug riesige Wände aus schmutzigem Schnee aufgetürmt hatte, dann immer bergauf, bis zum hellblauen Tor der Kaserne.

Der junge Carabiniere stieg aus und öffnete das Tor.

»Es sind die vom letzten Mal«, sagte Boerio und strich sich dabei mit seinen Wurstfingern den Schnurrbart glatt.

Cesare tastete sein Flanellhemd nach Zigaretten ab, ein paar wenige konnte er unter dem Stoff spüren.

Innen brannte Licht. Auf dem Hof standen ein Fiat, graumetallic, und ein Alfa. Der Schnee blieb noch nicht auf den Dächern liegen.

Der Polizeichef drehte sich um, und ihre Blicke trafen sich.

»Paß auf, was du sagst.«

Cesare sah aus dem Fenster.

Damals, am Hafen, hatte sein Vater etwas ähnliches zu ihm gesagt, und auch er selbst hatte Fausto unzählige Male das gleiche geraten.

Genützt hatte es keinem von beiden.

Die Kommissarin zog aus der Innentasche ihrer Jacke einen Füller und legte ihn behutsam auf den Schreibtisch.

»Wann haben Sie Fausto Berardi das letzte Mal gesehen?«

Cesare steckte sich eine Zigarette in den Mund. Auf dem Tisch, der übergroß zwischen ihnen stand, lagen keinerlei Akten, nichts. Der Sessel der Kommissarin hatte dicke Lehnen aus abgeschabtem Leder, während sein Stuhl wohl aus irgendeinem Klassenzimmer kam.

»Letzten Donnerstag.«

Die Kommissarin nickte. Das Licht im Zimmer schimmerte grünlich. An den Wänden waren noch die hellen Flächen der umgestellten Möbel zu erkennen.

»Waren Sie verabredet?«

»Ich habe ihn zufällig in der Kneipe getroffen.«

»Worüber haben Sie gesprochen?«

Er schüttelte nur den Kopf.

»Aber Sie waren doch befreundet.«

Cesare betrachtete seine Hände. Lauter Spuren vom Arbeiten mit Holz und Stein. Auf dem linken Zeigefinger der schwarze Fleck von einer Erfrierung.

»Früher mal.«

Die Kommissarin strich sich eine schwarze Strähne hinters Ohr.

Erst jetzt fiel Cesare auf, daß sie eigentlich ganz hübsch war. Ihre hellbraunen Augen leuchteten wachsam, die Nase war zierlich.

»Sie wußten, womit er sein Geld verdiente?«

Sie trug weder Ohrringe noch sonst irgendeinen Schmuck, nur eine Armbanduhr und an der linken Hand einen schlichten silbernen Ring.

Cesare meinte, ja, das wüßten doch alle.

Irgendwo in der Kaserne warf jemand einen Gegenstand aus Metall gegen die Wand. Fünf Mal, dann herrschte wieder Ruhe. Die Frau drehte sich zum Fenster, ein paar herumwirbelnde Flocken schmolzen an der Scheibe.

»Und Sie, warum haben Sie damit aufgehört?«

Cesare zog an seiner Gitanes.

»Das war nichts mehr für mich, es war nicht mehr derselbe Job.«

Die schmalen Lippen der Frau öffneten sich, und zum Vorschein kamen weiße, nicht ganz perfekte Zähne. Ihre Augen hatten nun die Farbe feuchter Erde.

»Vinci, gib mir mal bitte die Akte.«

Der Mann, der die ganze Zeit an der Wand gestanden hatte, legte nun einen abgestempelten, gelben Umschlag auf den Schreibtisch. Cesare sah nur seinen breiten Rücken in dem khakifarbenen Regenmantel und vereinzelt ein paar graue Haare. Der Mann ging wieder an seinen Platz, zurück blieben der Geruch von billigem Rasierwasser und Kälte.

Die Kommissarin zog ein Foto aus dem Umschlag und schob es über den Tisch. Faustos Rücken war bereits blau und in sich zusammengefallen, keine Spur mehr von der Kraft, die ihn immer durchströmt hatte.

Die Frau nahm den Füllfederhalter und zeigte auf das Einschußloch zwischen den Schulterblättern.

»Das war der erste Schuß.« Ihre Stimme war ruhig, ihre Gesten waren die eines Menschen, der seine Arbeit sehr genau kennt.

»Eine 270er Norma, abgefeuert aus zwanzig, vielleicht dreißig Metern Entfernung. Die Kugel hat ihm das Rückgrat zerschmettert, aber vermutlich nicht ausgereicht, um ihn zu töten.«

Cesare schaute zur Decke, er tat so, als folgte sein Blick dem Zigarettenqualm. Ziemlich weit oben hing eine Christusfigur an einem vergilbten Plastikkreuz. Man hätte meinen können, das Stöhnen des Heizstrahlers käme von ihr. Als Cesare seinen Blick wieder senkte, deutete die Kommissarin auf den zweiten schwarzen Punkt unterm Nacken.

»Das ist der zweite Schuß, aus nächster Nähe abgefeuert, gleiches Projektil. Der Täter hat auf ihn gewartet, ein erstes Mal geschossen, sich ihm dann genähert und und sein Werk beendet.«

Die Frau lehnte sich im Sessel zurück. Im Raum herrschte jetzt ein gellendes Schweigen.

Cesare beugte sich zum Schreibtisch vor und drückte die Gitane auf einer braunen Untertasse aus.

Aus dem Umschlag schaute ein weiteres Foto. Abgebildet war eine der Kehren auf der Straße Richtung Champaneise. An den dunkleren Stellen im Schnee konnte man erkennen, wo die Polizei nach Patronenhülsen und sonstigen Spuren gesucht hatte. Ein Pfeil wies auf den Abhang, von hier war der Körper in den Bach gestoßen worden.

In seiner Tasche fand er noch eine halbe Zigarette, sie mußte schon ewig darin gelegen haben. Er zündete den Stummel an und betrachtete die Kommissarin. Unter ihrer Jacke drückte der Lederriemen des Halfters kleine, feste Brüste hoch.

»Ich brauche Ihnen ja nicht zu sagen, was das heißt ...«, fügte sie noch hinzu.

Cesare nahm einen tieferen Zug und drehte sich zum Fenster.

Hinter der Glasscheibe fiel der Schnee in der Dunkelheit gleichgültig zu Boden.

Ein leichter Schneeregen war gefallen, Sergio wischte sich mit der Hand übers feuchte Gesicht, dann blieb er stehen und sah in das tiefe Tal unter ihm.

Die Nacht hatte den Holunderbusch, hinter dem er eine halbe Stunde zuvor die Enduro versteckt hatte, mittlerweile völlig verschlungen; die Lichter von Castello leuchteten klein und kühl wie Grablichter auf einem Friedhof. Die dunkle Masse des Sees erinnerte an ein träges Tier, das mit angezogenen Beinen schlief.

Er hob den Blick und marschierte weiter.

Vermutlich befand er sich noch immer an der schmalsten Stelle des Tals, denn das Tosen des Cumbo überlagerte alle anderen Geräusche. Neben ihm ragten dunkle Flecken aus dem Schnee, wahrscheinlich Büsche oder Felsen. Alles andere waren nur irgendwelche Umrisse und Schattenbilder, die er nicht hätte benennen können.

Vor lauter Anstrengung schlug sein Herz schneller, doch dann bog der Weg nach rechts und gönnte ihm eine Verschnaufpause. Das Echo des Flusses wurde immer schwächer, daraus konnte er schließen, daß das Tal sich zu einer Hochebene geöffnet hatte. Vögel und alle möglichen Tiere schwirrten durch die Finsternis.

Er mußte gar nicht mehr weit laufen, da schimmerte silbern das Dach in der Dunkelheit. Tür und Fenster blickten blind ins Tal. Von innen drang kein Laut nach außen.

Noch immer geduckt, trat er näher. Die klare Luft wurde von ein paar feinen Schneeflocken durchschnitten, die auf seinem glühenden Gesicht schmolzen. Beim Stapfen durch den Schnee knirschte dieser wie Sand.

Als er vor dem kleinen Fenster stand, das zum Berg ging, spähte er hindurch, dann lief er um die Hütte herum und betrat sie, sein Feuerzeug sorgte für etwas Licht. Das Zimmer war leer, der Mist am Boden schon festgetrocknet. In der Luft hing noch der Geruch von Vieh, das die Hirten bei Regen hier immer unterstellten.

Nie und nimmer waren die hier, dachte er sich.

Er setzte sich auf eine Stufe, die dank des schiefergedeckten Vordachs trockengeblieben war, und zündete sich eine Zigarette an. Die Wolken hatten die rechte Hälfte der Kuppe jetzt freigegeben. In dem bläulichen Schimmer des Mondlichts sah der Berg aus wie gegossenes Metall. Die Felsen ragten so senkrecht in die Höhe, daß der Schnee hier nicht liegengeblieben war.

Ein Windstoß kam vom Berg und ließ die Zigarette rot aufglühen.

Sergio dachte an all das, was sich hinter diesen Felsen verbarg. Er dachte an den Vater, der das ganze Leben an einem Pfahl festgebunden war, wie seine Ziegen. Und er dachte an die Mutter, die sich für ein anderes Leben entschieden hatte.

Plötzlich glitt ein öliger, warmer Geruch durch die Luft.

Erschrocken sprang er auf und sah sich um.

Die Wolken hatten das Loch wieder geflickt, in der Finsternis hörte er nur das Klopfen seines eigenen Herzens.

Kalter Schweiß lief ihm den Rücken hinunter.

Er warf die Kippe weg und machte sich auf den Weg in Richtung Schlucht. Als sich der Wind legte, verflüchtigte sich auch der Geruch. Dennoch hatte sich dieser in seinem Kopf festgebissen, und schon nach wenigen Metern lag er wieder in der Luft, ein klebriger Gestank nach Harz und Rauch.

Als er aus einem Lärchenwald trat, sah er das Gemäuer einer weiteren Alm.

Dünne Rauchschwaden stiegen aus der kleinen Hütte auf, aus den Rissen im Mauerwerk drang der Schimmer eines Feuers und legte sich über den Schnee ringsum.

Sergio kauerte sich hinter einen Stein und ließ die Alm nicht aus den Augen.

Er fühlte sich als Teil einer langen Tradition – Männer, die nachts heimlich durchs Gebirge schlichen, um in der Finsternis die Feuer aufzuspüren, die andere angezündet hatten. Einige der Männer waren aufgenommen worden, andere abgewiesen oder erschossen. Alle waren sie in die Fußstapfen ihrer Vorfahren oder anderer Männer getreten, an die sich aber niemand mehr erinnerte.

Ein Alpenschneehuhn oder ein anderer kleiner Vogel stürzte sich in eine der Erlen gleich neben ihm, der Lärm hallte in der Stille nach wie der Schlag einer Axt.

Sergio duckte sich noch mehr hinter den Stein.

Einen Augenblick lang rührte sich nichts, die Dunkelheit schien den Lärm verschluckt zu haben, dann ging die Tür auf, und im Gegenlicht zeichnete sich eine Gestalt ab.

»Monsieur?«

Die Stimme zitterte. Sergio spürte, wie ihm das Blut durch den Körper schoß und seine Sinne schärfte.

»Monsieur?« wiederholte der Mann.

Im selben Moment streifte ein seltsamer Lichtschimmer die Wolken – vielleicht vom Mond. Sogleich nahmen die Bäume eine sehr präzise Form an und warfen lange Schatten.

Der Mann wandte sich wieder nach innen, er sagte nur ein paar Worte, die er hart aussprach, dann warf er eine Zigarette auf den Boden, die Sergio zuvor gar nicht gesehen hatte. Die Glut zeichnete einen roten Bogen in die Luft und erlosch mit einem metallischen Zischen im Schnee.

Und schon war die Tür wieder zu.

Im zweiten Stock brannte Licht.

Cesare starrte ein paar Sekunden darauf, um ganz sicher zu gehen, daß es nicht der Widerschein der Straßenlaternen war, dann zog er den Jackenkragen übers Kinn und lief wieder hinunter zur Piazza, auf der er seinen Wagen geparkt hatte.

Der Autobianchi A 112 stand unter einer frischgestutzten Esche. Auf der Kirchenuhr war es kurz vor zehn, allerdings wäre zwei Stunden zuvor das Dorf genauso ausgestorben gewesen. An der Kirchenmauer hing über den Todesanzeigen ein Plastikschild, dessen Inschrift *Casteldelfino* ins Provenzalische übersetzte.

Cesare setzte sich etwas abseits auf eine Holzbank und zündete sich eine Gitane an.

Seine Hände waren in den Jackentaschen vergraben.

Ein dünner Schneeregen fiel im Licht der Laternen, trotzdem hatte die Nacht etwas Freundliches.

Die Wolkendecke hob sich und gab den Blick frei auf das dunkle Gebirge. Aus dem Brunnen plätscherte Wasser.

Im oberen Teil des Dorfes ächzte ein Wagen, der nicht anspringen wollte. Ein paar Sekunden später verließ Garzino mit seinem Simca das Dickicht der Häuser und fuhr hinunter ins Tal.

Cesare lief noch einmal dieselbe Straße entlang, wieder sah er zum Fenster; das Licht war jetzt gelöscht.

Er stieg die Treppe hoch und klopfte gegen die grüne Tür ohne Griff. Das Haus war schmal geschnitten. Im Erdgeschoß war früher einmal eine Metzgerei gewesen, das Schild mit dem Ochsenkopf deutete noch immer darauf hin.

Von innen antwortete nur ein undurchdringliches Schweigen.

»Ich bin's, Cesare.«

Ein paar Schritte, und in der Tür erschien das Gesicht einer nicht mehr ganz jungen Frau. Unter dem verstrubbelten Haar schauten müde Augen hervor.

»Du kommst spät«, sagte sie ohne jeden Vorwurf in der Stimme.

»Ich weiß.«

Sie legte den Kopf ein wenig schief, als könnte sie so besser nachdenken, dann trat sie zur Seite und ließ Cesare herein.

»Setz dich«, sagte sie und ging zu dem braunen Sofa.

Sie trug ein Nachthemd, darunter eine Schlafanzughose. Sie sah aus wie ein kleines Mädchen, das gerade dabei ertappt wurde, wie es die Kleider der Eltern anzog.

Cesare trat zum Tisch.

Auf dem alten Beistelltisch in der Ecke stand ein Fernseher, in dem elegant gekleidete Männer in ihre Instrumente bliesen, der Ton war jedoch leise gestellt. An der Wand hingen schlicht gerahmte Tuschezeichnungen. Ein viel zu starker Lavendelduft versuchte, die anderen Gerüche zu überlagern.

»Ich weine schon den ganzen Tag«, sagte die Frau.

Cesare setzte sich so hin, daß er sie ungehindert betrachten konnte, er selbst zeigte sein Gesicht nicht, dann zog er die Zigaretten heraus und bot ihr eine an.

Ohne den Blick vom Bildschirm zu nehmen, schüttelte sie den Kopf, danke, sie habe sowieso schon zuviel geraucht.

»Hast du ihn nochmal gesehen?«

Sie hatte blonde Haare, die am Ansatz schwarz waren. Ihr Hals war lang und stolz.

»Warum war er bloß bei mir …«

Mit der Fernbedienung schaltete sie den Fernseher aus und ging zum Herd, um Wasser aufzusetzen. An der Wand hing ein neues Bild. Cesare dachte, bestimmt würde sie sich freuen, wenn er ihr sagte, es sei hübsch. Aber er tat es nicht. Die Frau holte eine grüne Flasche ohne Etikett von der Konsole, kippte in jede Tasse einen Schuß, und der milde Duft des Genepì verbreitete sich im Raum. Sie reichte Cesare eine Tasse.

»War die Polizei schon da?«

»Warum sollten sie?«

»Weil sie zu allen gehen.«

Sie führte die Tasse zum Mund, stockte aber kurz.

»Was soll ich denen sagen, wenn sie kommen?«

»Sag, was du willst. Die wissen eh schon alles. Und das, was sie noch nicht wissen, kannst du ihnen auch nicht sagen.«

Sie setzte sich wieder aufs Sofa. Irgendwo im Zimmer hing eine Fliege fest und gab ein verzweifeltes Summen von sich.

»Und du?«

Cesare starrte an die Jagdszene auf den Intarsien der Schranktüren: Zwei Kinder schossen mit langen Flinten aus der Kolonialzeit auf eine Gänseschar.

»Von mir wollen die nichts, ich bin schon zu lange raus.«

Sie fragte nicht weiter nach. Sie schwiegen. Von der Kirchturmuhr kamen zwei laute Schläge, man hätte meinen können, sie stünde im Zimmer.

»Morgen früh schau ich bei Fredo vorbei. Mehr kann ich auch nicht tun«, sagte Cesare und antwortete damit auf eine Frage, die ihm keiner gestellt hatte.

Mit einer nervösen Geste strich sie sich die Haare aus der Stirn.

»Wenn du nur deswegen hier bist, dann geh lieber. Ich habe heute schon genug geheult.«

Cesare drehte sich zu ihr und sah sie an: den flachen Bauch, die straffen Arme, ihren Körper, der sich seine Schönheit bewahrt hatte.

»Ich bin wegen mir gekommen«, sagte er.

Sie trank aus und ging ins Bad. Cesare hörte Wasser fließen, dann Schritte Richtung Schlafzimmer.

Der Schein einer Nachttischlampe teilte den Raum in zwei Hälften.

In der Mitte stand ein großes Bett mit einem schmiedeeisernen Kopfende und an der Wand ein eintüriger Schrank. Stühle gab es keine. Nur einen Nachttisch mit dem Geldsäckchen darauf, das er kannte.

Die Frau zog die Schlafanzughose aus und legte sie ordentlich unters Kopfkissen. Kurz konnte man ihre Schenkel sehen, bis das Nachthemd sie verdeckte.

Cesare setzte sich mit dem Rücken zu ihr auf die andere Betthälfte und knöpfte sein Hemd auf.

Auf seine rechte Schulter war ein Strichmännchen tätowiert; als Kopf nur ein Kreis, in der einen Hand einen Schild, in der anderen irgend etwas Schreckliches. Seine Haut war sonnengebräunt. Das Tier auf dem Handgelenk hatte fast dieselbe Farbe wie in natura.

Unter dem Bett zog sie einen Heizstrahler hervor und schaltete ihn ein, dann legte sie sich hin, ihre Beine umschlangen Cesares Hüfte. Er streichelte ihre Knie, die Unterschenkel, die Füße.

Sie hatte schöne Füße. Eine Frau, die schöne Füße hat, wird immer schöne Füße haben, dachte Cesare.

Sie streckten sich der Länge nach aus, ganz vorsichtig, als würde sich unter ihrer Kleidung etwas Zerbrechliches verbergen, das nicht kaputtgehen durfte. Als Cesare mit einer Hand vorsichtig nach ihrem Bauch tastete, bekam sie einen Gesichtsausdruck, den er nicht an ihr kannte. Sie rührte sich nicht.

So blieben sie lange Zeit liegen. Vielleicht schlief sie ja auch.

»Kannst du das Licht ausmachen?«

Sie schloß halb die Augen. Der Heizstrahler wärmte ihre Nacken, bis sie ganz schläfrig wurden.

»Wenn ich das Licht lösche, könnte jemand kommen.«

Cesare spürte, wie die Wärme seiner Hand auf ihren Körper überging und noch wärmer zurückkam. All das würde Fausto nie mehr spüren können, dachte er.

»Mach es bitte aus.«

Sie streckte ihre Hand aus und löschte das Licht.

... die Ermittlungen im Mordfall des Vorbestraften Fausto Berardi, der in der Nacht zum Montag bei Champaneise, Valle Varaita, tot aufgefunden wurde, stehen immer noch ganz am Anfang. Polizei und Carabinieri verfolgen eine Spur, die ins Unterwelt-Milieu führt, mit dem das Opfer in Verbindung stand. Die beteiligten Beamten möchten sich während der laufenden Ermittlungen jedoch nicht konkreter äußern ...

Cesare schaltete das Radio aus.

Die Hündin lag neben dem Tisch, die Ohren gespitzt, die braunen Augen so lieb wie immer. Cesare strich ihr sanft über die Schnauze und wies auf den Freßnapf beim Ofen, den er mit Milch und Brot gefüllt hatte. Micol sah ihn verwundert an, ihr Blick folgte wieder dem Löffel, den Cesare zu seinem Mund führte.

Es hatte aufgehört zu schneien, aber die Wolken verfinsterten den Himmel und verlängerten so die Nacht noch ein bißchen. Er hatte es immer sehr gemocht, morgens in aller Frühe die Berge anzuschauen, doch jetzt waren sie einfach nur kalt und abweisend.

Das Telefon klingelte.

Cesare lauschte mit seinem gesunden Ohr, wartete ein zweites Klingeln ab, dann stand er auf.

»Ja?«

Am anderen Ende ertönte ein Geräusch, als würde jemand Rauch ausblasen, im Hintergrund Verkehrslärm, Cesare wollte etwas sagen, aber die Verbindung war schon wieder unterbrochen.

Er zog eine Zigarette aus der Hosentasche, die erste an diesem Tag, und zündete sie sich an.

Als er letzte Nacht nach Hause gekommen war, hatte das Telefon auch schon geklingelt. Schnell hatte er die Tür aufgeschlossen, aber kaum war er im Haus, hatte das Läuten aufgehört. Also war er kurz mit Micol rausgegangen, damit sie ihre gewohnten Ecken markieren konnte. Die ganze Nacht über hatte er dagesessen, die Hündin auf seinen Füßen liegend, hatte eine nach der anderen geraucht und darüber nachgedacht, ob denn das, was er am nächsten Morgen vorhatte, sinnvoll und richtig sei.

Jetzt ging er wieder ins Schlafzimmer und holte seine warme Jacke aus dem Schrank. Das Bett war nicht gemacht, das würde er später tun, wenn er wieder zurück wäre. Als er die Tür öffnete, jaulte die Hündin ganz erbärmlich.

»Dauert nicht lange«, sagte er, um sie zu beruhigen, dann schloß er zwei Mal ab.

Er fuhr auf der Hauptstraße, nicht schneller als fünfzig, an der Abzweigung, wo sich das Tal teilte, bog er in Richtung Bellino ab. Die Straße kletterte in Serpentinen hoch, wurde dann eben und stieg nochmals an. Am Ortsschild von Chiesa fuhr er über die Brücke und parkte den Wagen auf einem kleinen, verschneiten Platz.

Kaum ein paar Meter weiter endeten die Häuser schon wieder. Im Schaufenster des einzigen Geschäfts baumelten Salamiwürste, die zum Trocknen aufgehängt waren. Eine Lampe beleuchtete Regale aus längst vergangenen Zeiten.

Cesare ging auf das Haus zu, das ganz oben stand.

Sogleich kam ihm ein kleiner Hund entgegen, der fast im Schnee versank. Er folgte ihm, bis sie den Hof erreichten.

»Jemand da?« rief Cesare.

Im Wald antwortete ein Auerhahn, aus dem Haus dagegen kam kein Ton. Unter dem Vordach standen ein Traktor und ein weißer Wagen mit Hänger.

Aus dem Stall strömte der süßliche Geruch nach Pferd.

»Ich dachte, du kommst früher.«

Cesare drehte sich in die Richtung, aus der die Stimme kam.

Ein Mann stand in der Tür. Er war groß, trug grüne Stulpen und eine Arbeitshose. Das Cordhemd spannte sich über dem starken, aber früh gealterten Oberkörper.

»Ciao, Fredo.«

Der Mann antwortete nicht, er winkte nur, damit Cesare ihm folgte.

Der Keller war dunkel, durch das einzige kleine Fenster drang ein Lichtstrahl, der auf dem Fußboden sofort wieder erlosch. An den Fußleisten verliefen gelbe Streifen von Rattengift.

Fredo wartete, bis Cesare die drei Stufen heruntergekommen war, dann ging er zu einem Backtrog, der einsam und verlassen an der hinteren Wand stand. Überall lagen Teile von Möbeln und alte Strohsättel. Unzählige Sensen hingen drohend von der Decke – ordentlich aufgereihte Wachposten mit riesengroßen Hakennasen.

Fredo beugte sich über den Trog und holte ein braunes Bündel heraus.

»Das brauche ich nicht«, sagte Cesare.

Fredo hörte nichts oder wollte nichts hören. In dem spärlichen Licht, das durchs Fenster drang, waren seine Augen blau und hart. Die lange Narbe vom Ohr bis zum Mundwinkel schien über irgend etwas zu lachen. Vielleicht über das Wildschwein, das er erlegt hatte und das nun über dem Kamin hing.

Mit einem Messer schnitt er das Seil durch, das um die Decke gewickelt war, und packte eine Remington mit langem Lauf aus – ein stattliches Modell, aber nicht mehr so glänzend, wie Cesare es in Erinnerung hatte.

Fredo wollte die Patronenkammer öffnen, doch Cesare hielt ihn zurück.

»Wenn ich dein Wort habe, reicht mir das.«

Er kramte nach einer Zigarette und steckte sie sich zwischen die Lippen. Der Mann legte den Karabiner auf die Decke und kramte ebenfalls nach einer Kippe. Im Licht der Flamme leuchteten ihre Gesichter gelb.

»Damals hätte ich es auch tun können, nach allem, was er meiner Tochter angetan hat. Aber nicht jetzt, nach so langer Zeit.«

Cesare sah, daß sein Gesicht genauso angespannt und finster war wie in der Nacht, als er ihn hatte im Auto sitzen sehen, bei laufendem Motor, die Waffe auf dem Beifahrersitz.

Eine halbe Stunde lang hatte er mit ihm gesprochen, um ihn dazu zu bringen, den Motor abzustellen, dann, als er endlich ausgestiegen war, hatten sie sich im Dreck geprügelt, um die Wut herauszulassen, und vor lauter Angst hatten die Pferde im Stall geschrien.

Als sie vor Erschöpfung nicht mehr konnten, waren sie ins Haus gegangen, Rita hatte ihnen Grappa auf den Tisch gestellt, und mit ihrem Blick hatte sie Cesare gedankt, daß er das Schlimmste noch verhindert hatte.

Die ganze Nacht über hatten sie getrunken und Claudia in ihrem Zimmer oben weinen gehört.

Am nächsten Morgen waren sie aufgewacht, den Kopf auf der Tischplatte, mit verkrustetem Blut im Gesicht und der Gewißheit, daß sie nie wieder gemeinsam jagen oder ins Gebirge gehen würden. So war es dann ja auch.

Sie gingen raus auf den Hof, Cesare voran, Fredo folgte ihm. Der Schnee fiel wieder zaghaft, wirkte aber nicht besonders ausdauernd. In der Stille, die sich über das Tal gelegt hatte, schien ein Schweigen zu liegen wie in einer geschlossenen Anstalt.

»Claudia redet davon, nächstes Jahr einen Anwalt aus Turin zu heiraten«, sagte Fredo und kratzte sich an der Wange. »Und ich erwarte, daß ihr keiner blöde Fragen stellt.«

Cesare nickte, einverstanden.

Ein Wolkenband schwebte lustlos über dem Dorf. Im Haus klapperte jemand mit Geschirr.

»Dann waren es seine Leute …«

Cesare mußte an den Anruf denken, kurz bevor er das Haus verlassen hatte. Die Stille lastete jetzt gleich doppelt schwer. Cesare schüttelte den Kopf, keine Ahnung, er wisse von nichts.

Fredo warf die Zigarette in den Schnee. Ein letzter, kümmerlicher Rauchfaden stieg auf, dann erlosch die Kippe.

»Das ganze Übel, das er ausgeteilt hat, hat ihn am Ende wieder eingeholt«, sagte er.

Cesare spürte einen Blick im Nacken, und als er sich umdrehte, sah er Ritas gealtertes Gesicht in einem der Fenster.

Als er ihr zunickte, ließ die Frau den Vorhang fallen, als hätte sie eben ein schwarzes Schaf oder einen Hund mit drei Beinen erblickt.

»Jedenfalls hatte er doch ein schönes Leben, so lange es eben ging…«, sagte der Alte am Tresen und fuchtelte in der Luft herum, was wohl heißen sollte: Was dann kam, weiß man nicht und ist auch nicht wichtig.

Der Mann mit dem gelben Regencape starrte noch immer auf das Gebäck in der Vitrine. Er war Hirte auf einer Alm oberhalb von Bellino und kam einmal pro Woche ins Tal, um hartes Brot für seine Hunde zu holen. Die Frau neben ihm schüttelte den Kopf.

»Wenn das ein schönes Leben sein soll, nachts durchs Gebirge zu schleichen und dann erschossen zu werden…«, meinte sie trocken.

Sergio sah sie nur von hinten, ihren zerschlissenen braunen Mantel und die Fellmütze.

»Der Franzose hat den Job jahrelang gemacht und ihm ist nie was passiert«, warf der Alte ein, doch die Frau schnitt ihm das Wort ab.

»Hör doch auf! Die anderen haben in Marseille ihr Glück gemacht, während er…«, sie machte ein verächtliches Gesicht. »Ich will darüber nicht reden. Im Grunde hab ich keine Ahnung, aber wer sich mit denen abgibt, ist sicher kein Heiliger!«

Elvira legte das Päckchen auf den Tresen und sagte, macht genau vier.

Sergio betrachtete das Gesicht, das einmal so hübsch gewesen war, für viele war es das noch immer: die schön geformten, markanten Lippen, die honigfarbene Haut. Die Augen genauso geschnitten wie seine eigenen.

Der Almhirt zog eine Hand aus dem Regencape, das bis zum Knie reichte, und zahlte alles in Münzen. Zwischen Kapuze und Bart funkelten zwei stechend grüne Augen, die das Licht verschluckten. Er klemmte den Brotsack unter den Arm und verließ wortlos den Laden, zurück blieb der Geruch nach starkem Tabak und Gummi.

Als Sergio wieder zum Tresen blickte, verpackte seine Tante gerade das Gebäck in hübsches Papier; sie hatte geschickte Hände.

Der Alte war etwas nähergekommen und beobachtete sie aufmerksam. Er lebte mit seiner Tochter in einem großen Haus in Rabioux, das aber nur halb renoviert war. Sergio hatte ihn schon öfter in einem dieser Elektroautos gesehen, die so einen fürchterlichen Lärm machen.

»Soll ich's anschreiben?« fragte Elvira, als sie mit dem Verschnüren fertig war.

Der Mann antwortete, ja, nächste Woche würde er runterkommen und seine Schulden bezahlen, dann schnappte er sich das rote Päckchen, half mit einer Hand seiner Beinprothese nach und ging zur Tür.

»Drei Laib, schön durch, aber bitte nicht verbrannt«, sagte eine Frau, während die Ladenglocke schon wieder verstummte. Seine Tante drehte sich um und suchte in einer der Kisten.

Sergio mußte an die Menschen oben in der Hütte denken.

Er fragte sich, auf was sie da wohl warteten, und ob der Franzose etwas damit zu tun hatte.

Der Gedanke, er könnte der einzige sein, der Näheres wüßte, erfüllte ihn mit Stolz und Angst zugleich.

Seine Tante legte die Tüte auf die Waage, starrte auf die Anzeige hinter der Glasscheibe und wartete, bis der Zeiger stehenblieb.

»Kanntest du ihn?« fragte die Frau.

»Nur vom Hörensagen. Das wären jetzt knapp zweihundert Gramm.«

»Dann noch zwei Stück.«

Elvira wog noch einmal etwas ab, und die Frau zog ihren Geldbeutel aus der Tasche. Sie hatte kleine, listige Augen – genauso redete sie auch.

»Bei manchen Leuten muß man sich nicht wundern, wenn die nicht zu Hause sterben«, sagte sie und legte einen Geldschein auf den Tresen.

Seine Tante gab ihr heraus. Die Frau blieb abwartend stehen, aber weil anscheinend nichts mehr kam, verabschiedete sie sich und streifte beim Hinausgehen Sergio mit einem strengen Blick.

»Vater schickt mich, ich soll fragen, ob du noch altes Brot übrig hast.«

Elvira war über ihr Kassenbuch gebeugt. Ein Knopf ihrer Schürze war aufgesprungen, so war der Spalt zwischen ihren Brüsten zu sehen. Auf ihrem Dekolleté saßen lauter helle Sommersprossen.

»Das brauch ich für den Hund vom Pfarrer«, sagte sie.

Sergio mußte daran denken, wie sein einäugiger Hund Sghiso damals in einen Stock mit einem rostigen Nagel gebissen hatte; sein ganzes Maul war entzündet gewesen, und einen Monat lang hatte er nur aufgeweichtes Brot fressen können.

Er erzählte, was gestern passiert war.

Elvira drehte sich zu ihm, dann begann sie einen Sack zu füllen. Jetzt, da der Geruch nach nassem Gummi verflogen war, roch der Laden wieder so gut wie immer, nach Schmalz, Hefeteig und Wärme. Das dunkle Rot der Holztäfelung wirkte beruhigend.

»Wie geht's dem Onkel?« fragte Sergio, einfach um ihre Stimme zu hören.

»Der ist oben und schläft.«

Zwischen den Regalen ging es durch eine kleine Öffnung in den hinteren Teil des Ladens. Der kalte Rachen des Ofens war weit aufgerissen. Darüber hingen die Mehlsiebe, von winzigklein bis riesengroß.

Elvira kam hinter dem Tresen hervor und reichte ihm den Sack. Darin war auch ein Umschlag mit einer roten Briefmarke.

»Der kam gestern.«

Die Enduro stand an der gegenüberliegenden Hauswand. Ein paar Schneeflocken wirbelten noch durch die kleine Gasse.

»Früher oder später solltest du sie besuchen.«

Sergio nickte, wie er es jedes Mal tat.

Als seine Tante ihm durchs Haar fuhr, spürte er, daß sie die gleichen langen, zarten Finger wie seine Mutter hatte.

»Darf ich?«

Cesare hob den Blick vom Teller, die Kommissarin stand direkt vor seinem Tisch.

Sein Arm zeichnete mit einer einladenden Geste einen Bogen in die Luft. Das hatte er in Frankreich gelernt.

Sie zog die Jacke aus und setzte sich.

»Der Polizeichef meinte, ich würde Sie hier finden.«

»Mittwochs gibt's immer Kaninchen. Die Macht der Gewohnheit...«

Die Frau trug einen blauen Pullover, schmalgeschnitten, ihre Schultern wirkten dadurch kantig. Die Haare waren von der Wollmütze, die sie in der Hand hielt, ganz plattgedrückt.

»Ich war vorher schon bei Ihnen. Haben Sie einen Hund?«

Bestimmt hatte Micol getobt, als sie fremde Schritte vor der Tür gehört hatte.

»Einen Schäferhund«, sagte Cesare.

Die Kommissarin lächelte. Sie wirkte jetzt jünger. Ihre geröteten Hände waren nicht mehr so sicher wie am Tag zuvor.

Cesare winkte Lena zu sich.

Als die Frau hinter dem Tresen hervorkam, blickte sie drein, als müßte sie gleich für irgend etwas büßen. Sie war in Cesares Alter, hatte aber wegen der ständigen Hitze in der Küche fast keine Haare mehr. Nur mit Mühe konnte die Schürze ihren enormen Busen zurückhalten.

»Ich nehme das Kaninchen. Wollen Sie auch etwas?«

Die Kommissarin sagte, sie hätte schon gegessen. Lena notierte die Bestellung und verschwand – kein Danke, Bitte, nichts.

Cesare schob sich ein Stück Brot in den Mund und sah sich im Raum um.

An dem Tisch in der Ecke saßen zwei Zollbeamte. Der ältere der beiden lebte seit ungefähr zehn Jahren im Tal, sein Kopf hatte schon die Form seiner Dienstmütze angenommen. Nie hatte er den Grenzposten verlassen. Er überprüfte immer nur den Ausweis, bei jedem zehnten Auto ließ er den Kofferraum öffnen, und pro Sommer schrieb er zwei Strafanzeigen, wenn jemand zuviele Edelweiße bei sich hatte. Er war nicht der Typ, der nachts durchs Gebirge schlich oder durchs Fernglas spähte.

Der Jüngere dagegen war erst seit einem Jahr hier. Man sagt, er habe Mist gebaut, irgendwo in Mittelitalien, und so habe man ihn hierhergeschickt, wie früher, da wurde man auch immer an die Grenze verbannt.

»Bei Berardi war das ganze Haus auf den Kopf gestellt. Die Tür war aufgebrochen.«

Cesare kippte etwas Wein aus der Karaffe in sein Glas. Dann wußten sie jetzt also, warum die Leiche in den Bach gestoßen worden war. Der, der auf ihn geschossen hatte, wollte Zeit gewinnen, um das Haus zu durchsuchen.

Eine alte Frau wollte wissen, wo ihre Suppe blieb. Sie war der letzte Sommergast. Anscheinend hatte sich jemand einen Spaß erlaubt und eine ausgestopfte Waldschnepfe auf die Konsole direkt über ihrem Tisch gestellt.

»Haben Sie eine Idee, was die gesucht haben?«

Was die gesucht haben, das konnte er sich schon denken, aber das war jetzt nicht wichtig.

»Keine Ahnung.«

Lenas Tochter kam und servierte ihm eine Riesenportion Kaninchen. Sie war Anfang zwanzig, und selbst die verdreckte Schürze konnte ihrer Schönheit nichts anhaben. Die Hälfte der Männer kam wegen ihrer hübsch geformten Beine hierher, die andere Hälfte wegen des Kaninchens der Mutter.

»Mein Beileid«, sagte sie.

Cesare bedankte sich, denn er wußte, außer ihr würde ihm niemand sein Beileid aussprechen, dann rief Lena ihre Tochter zu sich, und er sah, wie die beiden hinter dem Tresen miteinander keiften.

»Wie lange hatten Sie nicht mehr miteinander gesprochen?« nahm die Kommissarin das Gespräch wieder auf.

»Drei Jahre.«

»Und warum?«

Cesare brach das Brot in kleine Stücke und tunkte es in den Wein und das Gemüse.

»Er war alt genug, um zu wissen, was er tat. Er ist seinen eigenen Weg gegangen.«

Von einem Tisch, an dem einige Jäger saßen, ertönte ein fettes Lachen.

Sie hatten gut getrunken und redeten über die Frauen aus ihrem Dorf und deren jeweilige Vorzüge. Dicke Patronengurte hingen über den Stuhllehnen.

Die Kommissarin sah zu den ausgestopften Tieren an den Wänden. Ein Murmeltier hatte noch immer verblaßten und verstaubten Weihnachtsschmuck umhängen. Schließlich zog sie einen hellblauen Terminkalender aus der Tasche.

»Den haben wir bei Berardi gefunden.« Die schmalen, blassen Hände blätterten zwischen den Seiten. »Mein Kollege überprüft gerade die Namen und Telefonnummern.«

Cesare schob den Teller beiseite und legte die Gitanes auf den Tisch. Die beiden konnten sich in dem Cinzano-Spiegel an der Wand betrachten. Wenn man sie so sah, hätten es Vater und Tochter sein können, er noch nicht sehr alt, sie relativ jung – oder ein Liebespaar, das nach all den Jahren lieber schweigt.

»Sie denken, wir schaffen's nicht, stimmt's?« fragte die Kommissarin.

Cesare wußte, sie vergeudeten nur ihre Zeit. Vielleicht würde im Tal irgendein Mann seine Stimme erheben, vielleicht auch seine Faust, aber mehr auch nicht.

»Ich weiß es nicht. Es geht mich auch nichts an.«

Lena stellte zwei Tassen Kaffee und einen Grappa, den Cesare immer dazu trank, auf den Tisch. Auf ein kariertes Blatt schrieb sie den Betrag. Die Zollbeamten am Tresen stießen sich mit den Ellbogen an, während sie auf das Mädchen starrten, das über die Rechnung gebeugt war.

»Haben Sie keine Angst?« fragte die Frau.

Cesare blies den Rauch aus. Einer der Jäger hatte seine Hand in das Maul eines ausgestopften Fuchses gesteckt und brüllte, man möge ihn retten. Die anderen lachten, aber sicher nicht seinetwegen.

»Wenn ich mich noch länger mit Ihnen unterhalte, sollte ich wohl Angst bekommen ...«, sagte er.

Die Kommissarin deutete ein Lächeln an, dann schüttete sie Zucker in ihren Kaffee, rührte um und betrachtete dabei den Strudel, der sich in der Tasse bildete.

Im Französischen gibt es ein Wort für genau diese Augenfarbe einer Frau. In Marseille benutzten es die aus dem Landesinneren, denn an der Küste waren die Farben nie gleichmäßig oder klar genug für dieses Wort.

Nach dreißig Jahren war es Cesare wieder eingefallen, er wiederholte es ständig, um es nicht zu vergessen.

Sie verabschiedeten sich vor der Osteria.

Die Kommissarin setzte ihre Mütze auf und fragte, ob das Wetter umschlagen würde. Cesare musterte die Bergschuhe, die sie wohl in Sampeyre gekauft hatte. Er sagte, nachts würde es aufklaren, und die Kälte würde bleiben.

Die Frau stieg in den metalliclackierten Fiat, den er schon vor der Kaserne gesehen hatte. Noch ein kurzer Blick, bevor sie losfuhr, dann glitt der Wagen leise davon, schon bald war er von dem Weiß der Straße gar nicht mehr zu unterscheiden.

Cesare startete seinen A 112 ebenfalls.

Als er die letzten Häuser von Pleyne hinter sich gelassen hatte und nun die ersten Serpentinen hinunterfuhr, sah er im Rückspiegel einen weißen Jeep, der wenige Meter hinter ihm fuhr. Zwei Männer saßen darin, auf dem Rücksitz vielleicht noch ein dritter. Das Kennzeichen war weder italienisch noch französisch.

Er kurbelte das Fenster hinunter und streckte den Arm hinaus, als bräuchte ein Tier auf seiner Hand frische Luft. Der Himmel hatte aufgeklart, blaue Stellen waren allerdings nicht zu sehen.

Kurz hinter Casteldelfino sah er wieder in den Rückspiegel. Das Auto hielt etwas Abstand, bei jeder Kurve verschwand es, tauchte dahinter aber jedes Mal wieder auf.

Da fiel ihm ein, wie sein Vater den anderen Hafenarbeitern das Tal immer beschrieben hatte: Es sei ein schmales, längliches Gefängnis mit zwei Gitterstäben. Zu einer Frau, die wissen wollte, wie es in seiner Heimat aussehe, hatte er das auch einmal gesagt, aber seit er richtige Gitterstäbe kennengelernt hatte, hatte er das Tal nie wieder so beschrieben.

Nach dem Herumgekurve durch die Serpentinen führte die Bundesstraße jetzt geradeaus nach Torrette. An der Abzweigung zum Dorf bog er scharf ab.

Der weiße Jeep blieb auf der Hauptstraße, mit konstanter Geschwindigkeit fuhr er geradeaus. Keiner der beiden Männer drehte sich nach ihm um. Der auf dem Rücksitz entpuppte sich als ein Sack oder sonst irgendein sperriger Gegenstand.

Cesare fuhr rechts ran und lehnte sich zurück.

Ohne die Schachtel aus der Tasche zu ziehen, fischte er eine Zigarette heraus – eine Angewohnheit aus seiner Jugend. Die Wärme des Tabaks löste seine verkrampften Muskeln. Langsam wurde auch seine Atmung wieder ruhiger, bis sie ihren normalen Rhythmus angenommen hatte.

Im Feld neben der Straße zog ein Traktor eine gefällte Buche hinter sich her. Der Fahrer war ein alter Mann, er trug eine Art Fahrradmütze. Ein Hund, der auf den Namen Brian hörte, trottete hinterher. Der Alte deutete mit der Hand einen Gruß an. Etwas verlegen grüßte Cesare zurück, schämte sich jedoch für seine zitternde Hand, also startete er den Wagen.

Als der A 112 den Hof erreichte, bellte die Hündin gar nicht – anscheinend ist ihr das Motorengeräusch schon so vertraut, dachte Cesare. Die Häuser von Confine schauten friedlich über den Grat. Kein Auto fuhr durchs Tal.

Er stieg die Treppe hoch, bei jeder Stufe klopfte er den Schnee von den Stiefeln; als er oben anlangte, stutzte er.

Die Tür stand einen Spalt offen.

Sein Atem ging in kleinen, kurzen Stößen. Von innen ertönte das übliche Brummen des Kühlschranks, nur lauter, als versuchte jemand, das Geräusch zu verstärken.

Hinter sich spürte er die Natur, schweigend und still war sie, aber verbunden fühlte er sich ihr nicht. Auch das Haus, das immer sein Zuhause gewesen war, erschien ihm jetzt fremd.

Er stieß die Tür auf. Bevor sie ganz geöffnet war, schoß der intensive Geruch von Blut in seine Nase.

Von der Küchendecke baumelte die Hündin an einem Seil.

Ihr Kopf hing nach hinten, ein langer Schnitt verlief vom Hals bis zu der weißen Stelle zwischen ihren Schenkeln. Im Gegenlicht wirbelten die Fliegen wie verrückt über der dunklen Masse von Innereien auf dem Fußboden.

Cesares Hände glühten, erst jetzt bemerkte er, daß er sie die ganze Zeit über an seinen Schenkeln gerieben hatte. Er hörte auf und wußte nicht, wohin mit ihnen.

Er legte die Hündin auf eine Decke, drehte sie auf ihre rechte Seite, um die offene Wunde nicht zu sehen, und setzte sich neben sie, die Knie gegen die Brust gepreßt.

Genau so hatte er dagesessen, als er die letzte Nacht über Adele wachte, und auch am Bach hatte er so verharrt, während die Carabinieri Faustos Körper ans Ufer zogen. Vielleicht war das seine Art, Menschen am Ende ihrer Reise nahe zu sein, vielleicht hatten das alle einmal auf diese Art getan, nur daß er der einzige war, der sich daran erinnerte.

Mit dem Daumen hob er leicht Micols Lippe, um ihre schönen, weißen Zähne zu berühren. Sie hatte die Augen geschlossen, und wäre da nicht das geronnene Blut auf ihrem Fell gewesen, hätte man denken können, sie könnte jeden Moment aufwachen.

Ein paar Schneeflocken wehten zur Tür herein und schmolzen sogleich im Blut auf dem Dielenboden. Das Licht war grau und eintönig. Innerhalb von zwei Tagen Schneefall hatte auch der Nußbaum vor dem Haus seine grünen Blätter abgeworfen.

Cesare stand auf und ging ins andere Zimmer.

Das Schlafzimmer war noch so, wie er es morgens verlassen hatte, nichts war angerührt worden. Er zog die blutbefleckte Jacke aus und ließ sie auf den Boden fallen.

Wenn man ihn gefragt hätte, was gerade am schlimmsten war, hätte er geantwortet, die Farbe des geronnenen Blutes, der Geschmack von Bitterwurz in seinem Mund und das Surren der Fliegen in der Küche.

Er betrachtete das Bett, von dem er Micol so oft vertrieben hatte, und sah die ordentlich zusammengelegte Decke. Als er am Morgen das Haus verlassen hatte, hatte er es doch gar nicht gemacht.

Langsam trat er näher und hob das Kissen an.

Die Augen seiner Hündin blickten nach oben, wie ein Geschenk lagen sie da, zwei wertvolle Juwele. Selbst in dem spärlichen Licht hatten die Pupillen noch immer die Farbe des Lebens in sich.

Er vergrub das Gesicht in den Händen, fürchtete sich aber vor der Finsternis und öffnete die Augen wieder.

Rote, verschwommene Buchstaben waren auf das Laken geschmiert.

Cesare schlug die Decke ganz zurück und las:

POLICEIFREUND? stand da. Der letzte Buchstabe nur halb, weil das Blut nicht mehr gereicht hatte.

Einmal, vor einigen Jahren, hatte es ganz danach ausgesehen, als würde sich der Husten zu einer Rippenfellentzündung auswachsen.

Der Arzt hatte Sergios Mutter geraten, im Sommer mit dem Jungen ans Meer zu fahren, wegen der Luft.

Als sie es dem Vater erzählten, zog der ein Gesicht, als wollte man ihm ein Bein amputieren. Aber weil Elvira und die Mutter nicht lockerließen, hatten sie ihn schließlich doch überredet.

Ihn zu begleiten, stand natürlich nicht zur Debatte, denn im Sommer brauchte man jeden einzelnen für die Heuernte und das Vieh, und so schickte man ihn mit der katholischen Jugend aus Manta auf eine Freizeit nach Noli, dort hatte die Kirche ein Haus am Meer.

Er hatte zwar weder deren Kleidung noch führte er deren vorgeschriebenes Tagebuch, trotzdem durfte er mit, weil der Pfarrer ein guter Kunde von Sergios Vater war.

Sie fuhren mit dem Zug nach Noli und liefen dann die drei Kilometer bis zum Ferienlager zu Fuß. Ein junger, angehender Priester brachte sie dorthin. In seiner schwarzen Jacke schwitzte er ganz fürchterlich. Die Nonnen hatten gleich ein Taxi genommen, wegen ihrer Krampfadern und der Hitze.

Die ersten paar Tage langweilte er sich. Er kannte die Lieder nicht, die Spiele auch nicht, doch dann überließ er das Singen den anderen und bewegte selbst einfach nur die Lippen, und irgendwie vergingen die Tage dann doch wie im Fluge. Auch mit den Spielen freundete er sich nach und nach an, nur Schwimmen lernte er nicht.

Einen Tag vor der Abreise fand ein Wettkampf am Nostromo-Strand statt, der Preis war eine Kupferpfanne als Uhr, die man an die Wand hängen konnte.

Beim Sackhüpfen wurde er zweiter, beim nächsten Spiel auch, und als Laufen dran war – und darin war er sehr gut –, raste er so schnell in Richtung Meer, daß er seine Beine nicht mehr unter Kontrolle hatte und gegen einen Pfosten prallte.

Schwester Semplicia trug ihn den ganzen Weg ins Krankenhaus, dort wurde die Wunde über seinem Auge mit vier Stichen genäht. Die Uhr überreichten sie ihm trotzdem, obwohl er gar nicht gewonnen hatte.

Zuerst war die Mutter erschrocken, dann mußte sie über das blaue Auge und die Uhr lachen – »Ist die häßlich!« sagte sie, und der Vater murmelte: »Hoffentlich hat er aus der Sache gelernt«, oder so was ähnliches.

Diese fürchterliche Uhr hing nun an der Wand eines Hauses in einem französischen Dorf mit kompliziertem Namen, aus dessen Fenstern man überall das Meer sehen konnte, in einem kleinen, aber sehr hellen Zimmer.

Das ist dein Zimmer, wenn du kommst, stand hinten auf dem Foto.

Genau dort hing die Pfannen-Uhr. Zusammen mit wenigen anderen Sachen hatte seine Mutter sie eingepackt, an dem Morgen, als sie den Bus genommen hatte und der Vater auf dem Markt gewesen war, während er selbst noch schlief, denn er hatte Ferien, und es war der erste Tag nach den Prüfungen.

Erst war er zufrieden, dann traurig, dann dachte er daran, wie unterschiedlich die Menschen doch lebten, die Leute auf der Alm, Fausto und der Franzose. Durch Zufall hatten sich diese Leben überschnitten und jetzt auch das seine gekreuzt.

Er zog das andere Foto aus dem Briefumschlag und betrachtete es. Seine Mutter lächelte ihm zu, sie hatte sich vor ein Café gestellt, rote Tische und rote Stühle standen in der Sonne. Sie trug einen hellen, kurzen Rock. An der Jacke war ein Schildchen angebracht, auf dem vermutlich ihr Name stand.

Da arbeitet sie also, dachte er, und seine Gedanken machten den gleichen Lärm wie Besteck, das auf Tellern klappert.

Er faltete den Brief zusammen und steckte ihn wieder in den Umschlag, dann ging er in sein Zimmer und versteckte ihn bei den anderen im Algebrabuch. Auf dem Buchdeckel stand »Luca Rabino«, denn er hatte es einem abgekauft, der ein Jahr zuvor durch die Prüfung gefallen war. Wenn er selbst irgendwo durchfiel, war er immer so deprimiert, daß er nicht einmal mehr versuchte, die Bücher zu verkaufen.

Um fünf verließ er das Haus. Im Rucksack waren der Beutel mit dem harten Brot, eine in Alufolie eingewickelte Streichholzschachtel und zwei Dosen Thunfisch aus der Speisekammer. Der Wagen des Vaters stand nicht unter dem Vordach. Er war nach Manta und Verzuolo gefahren, um den Käse abzuliefern.

Beim ersten Versuch gab die Enduro nur ein schwaches Brummen von sich.

Aus der Hundehütte unter dem Balkon kam Sghiso gekrochen, er bellte zwei Mal, dann sah er die weißen Flocken und kehrte enttäuscht wieder in seine Hütte zurück.

Es hatte überhaupt nicht aufgeklart, das Wetter machte richtig müde, denn die Luft war noch immer drückend schwer. Die Kühe spürten das, sie hatten sich hingelegt, aus dem Stall drang ein Schweigen wie aus dem Wartezimmer einer Arztpraxis.

Beim zweiten Versuch stieß der Motor blauen Rauch aus und sprang an. Sergio ließ ihn warmlaufen, dann stieg er auf und fuhr los.

Der Supermarkt, ein langes, flaches Gebäude, lag leicht erhöht. Von dort waren die Hauptstraße und der Friedhof zu sehen, die höheren Kreuze überragten seine Mauer. Das Gebäude hatte einen langen Balkon, der wunderbar geeignet wäre, um darauf herumzuspazieren und einen schönen Fluß oder das Meer zu bewundern – allerdings war da nur der öde Parkplatz, auf dem Sergio seine Enduro abgestellt hatte.

Er lief zwischen den Regalen umher und packte verschiedene Sachen in den Rucksack.

Er nahm den Kaffee, der sich durch Schütteln der Dose von

selbst erwärmt, eine Flasche Milch, Schokolade, ein Stück Gorgonzola und Würstchen, die er aus der Werbung kannte – lauter Sachen, die seiner Meinung nach viele Kalorien hatten.

Er stellte sich in die Schlange an der Kasse.

Die Frau vor ihm war eine von diesen Reichen, die immer nur Kartoffeln und Kohl essen. Gerade hatte sie etwas Frischkäse und eine Packung Kohleanzünder gekauft. Sonst hatte sie immer einen Hund mit wulstigen Falten bei sich, nur heute nicht.

Sergio spürte den Blick der Kassiererin.

Sie war einmal mit seiner Mutter befreundet gewesen.

Als Sergio an der Reihe war, legte er sein ganzes Geld in das Schälchen.

Die Frau lächelte und tat so, als sähe sie das, was aus seinen Taschen hing, nicht, und als er hinausging, musterte sie seine viel zu lange, zerschlissene Hose, die auf dem Boden schleifte.

Zu ihrer Kollegin an der anderen Kasse sagte sie, der Junge sei mittlerweile ganz verwahrlost – so ohne Mutter, und der Vater, der wüßte ja auch nur mit dem Vieh umzugehen –, eine Pflanze, die verzweifelt nach Halt sucht.

Vor der Tür war das rot-weiße Absperrband der Polizei gespannt.

Cesare steckte den Schlüssel, den er seit Parin Giors' Einzug ins Heim hatte, ins Schloß. Beim Öffnen der Tür gab das Band geräuschlos nach.

Er knipste die Taschenlampe an.

Der gelbe Lichtkegel huschte über den Fußboden, der mit Papier und Glasscherben übersät war. Alle Schränke waren durchwühlt worden, die Kissen aufgeschlitzt. Über das Treppengeländer hing eine Steppdecke wie ein Riesenstück Haut, die zum Trocknen aufgehängt war.

Cesare leuchtete die Wand an. In einem Metallrahmen hing eine alte Militärkarte, die er Fausto zum achtzehnten Geburtstag geschenkt hatte. Darauf waren Routen gezeichnet, die mittlerweile nur noch in den Köpfen von ein paar alten Männern existierten. Bei dem Gedanken, daß er selbst einer dieser Männer war, begannen seine Lippen nervös zu zucken.

Er lief weiter, die Taschenlampe gesenkt, damit er nicht die Fenster anstrahlte. So wüst durcheinander wie die Küche war, kam sie ihm viel größer vor. Der Kühlschrank lag umgekippt da.

Im Raum roch es nach gemahlenem Kaffee, doch auf dem Boden glitzerten nur weiße Salz- oder Zuckerkörnchen.

Cesare kniete sich vor den kleinen Schrank, in dem sich die Gasflasche befand.

Auch hier hatten sie gesucht, aber die grüne Flasche war noch immer mit dem Schlauch verbunden.

Ohne das Drosselventil zu öffnen, zog er sie zu sich heran, holte einen Schraubenzieher aus der Tasche und stemmte ihn gegen den Flaschenboden. Der Metallkreis gab nach – Fausto hatte also nicht vergessen, was er ihm beigebracht hatte.

Er zog einen khakifarbenen Stoffbeutel hervor, öffnete ihn jedoch nicht.

Beim Hinausgehen streifte er sanft den Kachelofen, auf dem sie im Winter so oft ihren Kognak erwärmt hatten. Seine Grazie mitten in diesem Chaos hatte beinahe etwas Lächerliches an sich, obwohl die Situation alles andere als lächerlich war.

Er nahm zunächst denselben Weg zurück, den Beutel fest in der rechten Hand.

Der Pfad, der Caldane mit Confine verband, verlief oberhalb der Asbestgrube. Tagsüber bestand die Gefahr, von der Hauptstraße aus gesehen zu werden, aber jetzt waren nicht einmal im Mondlicht die Felsen von den Bäumen zu unterscheiden, und unten im Tal leuchteten auch keine Scheinwerfer.

Oberhalb der Mine blieb er stehen und sah hinunter.

Von dem ganzen Betrieb waren nur noch ein Tank und ein paar Fundamente übriggeblieben, die zu tief in die Erde reichten, um abgerissen werden zu können. In den sechziger Jahren hatte die Grube vierzig Personen Lohn und Brot gegeben, fast allen aus der Gegend, dann waren nach und nach die Arbeiter gestorben, die Lungen voller weißlichem Schleim. Zehn Jahre später war die Mine geschlossen worden, die Förderanlagen hatte man abgerissen.

Instinktiv streckte er seine linke Hand aus, doch da war kein Kopf zum Streicheln.

Oft waren er und Micol im Sommer früh morgens aufgebrochen, hatten am Rand der alten Zisterne gesessen und auf den Sonnenaufgang gewartet. In den Höhlungen der Grube hatte eine Blaumeisenkolonie ihre Nester gebaut. Die ersten Sonnenstrahlen ließen die nackten Steine rosarot schimmern, Vögel tauchten auf und zeichneten blaue Linien in die Luft.

Er verließ den Pfad und stieg wieder nach unten. Er kannte das Gebirge in- und auswendig und wußte genau, ob sich unter einem schneebedeckten Buckel ein kleiner Felsen verbarg oder ein Rhododendron, der es nicht mehr geschafft hatte, zu blühen. Zu Hause angekommen, sah er die dunkle Gestalt vor seiner Haustür.

»Ich wollte gerade klopfen«, sagte die Kommissarin. Sie trug dieselbe Jacke und helle Wollhose wie neulich, als sie bei Lena gewesen waren, aber der tief in die Stirn gezogene Hut ließ ihre Augen jetzt größer aussehen.

Cesare sah zur Hauptstraße. Am Rand parkte der silbergraue Wagen. Im schwachen Licht war eine Gestalt am Steuer zu erahnen, ein kaum sichtbarer Rauch kam aus dem Auspuff.

Anscheinend hatten sie schon länger auf ihn gewartet.

»Ich muß abends immer noch ein Stückchen gehen, sonst kann ich nicht schlafen«, brummte er.

Wie sie sich so gegenüberstanden, fiel ihm auf, daß sie nicht sehr groß war, obwohl sie wegen ihrer schlanken Figur so wirkte. Als der Mond langsam sichtbar wurde, tauchte er ihre Haut in ein bläuliches Licht.

»Sie hatten recht, das Wetter klart auf«, sagte die Kommissarin und sah dabei auf die dünnen Wolkenstreifen, die über ihnen vorbeizogen.

Cesare holte mit seiner freien Hand eine Zigarette aus der Tasche, klopfte sie gegen den Handrücken und zündete sie sich an. Den Beutel hielt er locker in der rechten Hand, wie die Hand eines Kindes, die durfte man auch nicht zu fest drücken.

»Aber die Kälte wird bleiben«, sagte er schließlich.

Das rote Licht eines Flugzeugs blinkte auf und erlosch wieder im wolkenlosen Nachthimmel.

Damit war das Thema abgehakt.

»Ich wollte Ihnen nur sagen, daß das Polizeipräsidium den Leichnam jetzt freigegeben hat. Seine Schwester hat die Beerdigung auf morgen vormittag angesetzt.«

Cesare nickte, er war keineswegs verwundert über den frühen Termin.

Faustos Schwester hatte jung geheiratet, einen aus der Stadt.

Sobald sie angefangen hatte, in Stöckelschuhen herumzulaufen, hatte sie Vater, Bruder und Heimatdorf vergessen. Das letzte Mal hatte er sie auf der Beerdigung ihrer Mutter gesehen.

Von der Straße dröhnte unangenehm laut der Motor eines Motorrads. Sie drehten sich um und sahen das rote Rücklicht über den nassen Asphalt schießen. Der Fahrer saß über den Tank gebeugt, und schon war er mit seinem fürchterlichen Lärm wieder verschwunden.

»Das haben wir in Berardis Wagen gefunden. Ich dachte, Sie hätten es vielleicht gerne.«

Cesare klemmte die Zigarette zwischen die Lippen und nahm das Foto. Er brauchte gar nicht hinzusehen, er wußte schon, welches es war.

»Wer hat das gemacht?« fragte die Kommissarin.

Adele hatte es bei den Säulen der *Collegiata* geschossen, damals, als Fausto gerade die Routen lernte. Sie saßen auf der Treppe vor der Kapelle. Cesare hatte kurzes Haar, wie jetzt, aber den Blick eines Menschen, der die Welt um sich herum noch wachsen sieht.

»Weiß nicht mehr«, war seine knappe Antwort.

Die Frau sagte: »Schade«, dann zog sie die Hände aus den Taschen und wärmte sie mit ihrem Atem. Jede ihrer Bewegungen hatte etwas Graziöses an sich, und Cesare wußte, so etwas kann man nicht lernen, man hat es oder man hat es nicht.

»Sind Sie deswegen hier?«

Sie schüttelte den Kopf.

»In Frankreich werden Sie in den Polizeiakten noch immer als subversiver Anarchist geführt. Ich würde diese Geschichte gerne hören.«

Als Antwort zog Cesare an seiner Gitane und ließ sie rot aufglühen. Die Kommissarin betrachtete den Schnee, der durch das Mondlicht eintönig aussah. Die blätterlosen Äste des Nußbaums knackten wie Knochen.

»Es ist schon spät«, sagte sie lächelnd, »Sie können es mir ja ein andermal erzählen.«

Cesare sah ihr nach. Ihre sicheren Schritte zeigten, daß sie genau das erreicht hatte, was sie wollte. Er wartete, bis der Wagen losgefahren war, dann ging er ins Haus.

Der Ofen war ausgegangen, im ganzen Zimmer roch es nach Kohle. Der dunkle Blutfleck auf dem Fußboden hatte sich zusammengezogen, jetzt hatte er fast menschliche Formen angenommen.

Er legte den Beutel auf den Tisch und öffnete ihn, seine Jacke behielt er noch an.

Ein Bündel Geldscheine, ein paar ärztliche Untersuchungsergebnisse und ein Schlüssel, der für Faustos Tür zu alt und für seine zu groß war.

Die Frau stand in der Tür und starrte auf die zwei Plastiktüten im Schnee. Sie war klein und in eine dunkle Decke gehüllt. Um den Kopf hatte sie ein Tuch gebunden, das einen Schatten auf ihr Gesicht warf.

Sergio hatte sie herauskommen sehen, und sein Atem war ganz flach geworden. Als er einmal nach Madonna della Neve hinaufgegangen war, hatte er eine Hirschkuh beim Trinken am Bach überrascht, allein sein etwas heftiger gehender Atem hatte ausgereicht, daß sie ins Dickicht schoß.

Die Frau wandte sich wieder dem Inneren der Hütte zu. Ein leises Knistern, dann erlosch ein Feuer und eine dichte Rauchschwade wirbelte nervös auf.

Sergio duckte sich hinter den Felsen und lauschte dem Rascheln der Nacht.

Nicht weit entfernt stand eine Baumgruppe mit Erlen. Wenn er jetzt aufgesprungen wäre, hätte man ihn für einen vorüberhuschenden Schatten halten können, aber als der Befehl Sergios Beine erreichte, zuckten sie nur nervös, und sein Körper blieb am Boden kleben.

Über dem Paß zogen die Wolken, und der Mond wurde sichtbar. Auch wenn bei Sergio ein Bauch praktisch nicht vorhanden war, so würde man doch seine Gestalt erkennen. Die Frau stand noch immer an der Tür, nur wenige Schritte von den Tüten entfernt. Jetzt sah er, daß sie jung war. Ihre Haut bronzefarben, die schönen dunklen Augen schmal geschnitten, dazwischen die zierliche Nase.

Zwischen den Beinen spürte er eine neue, ihm unbekannte Unruhe, die er nicht hätte benennen können. Aus dem Wald drang das Rufen eines Vogels, vielleicht war er hungrig oder hatte Angst.

»Monsieur?«

Sergio hob den Kopf gerade so weit, daß er etwas erkennen konnte.

Der Mann, den er am Abend zuvor auch schon gesehen hatte, stand kurz über die Tüten gebeugt da, ohne sie zu berühren. Hinter ihm war niemand mehr.

»Vous êtes ici, Monsieur?« fragte er noch einmal, und ohne eine Antwort abzuwarten, griff er sich schließlich die Tüten und ging wieder in die Hütte.

Sergio drehte sich um, mit dem Rücken gegen den Stein gelehnt sah er ins Tal.

Der Schnee glänzte in einem Licht, das von unten kam, von tausend unterirdischen kleinen Feuern, die nicht qualmten. Der Himmel klarte auf, weitentfernte Gipfel wurden sichtbar. Ein paar Wolken zogen noch vorbei, doch sie wirkten eher verloren, wie der letzte Waggon eines abfahrenden Zuges.

Genau so muß es sein, dachte er, so und nicht anders.

Er fragte sich, ob diese Schönheit einen Preis hätte, und ob alle Menschen denselben Anteil bezahlten. Dann erschrak er, denn es schien, als spräche eine andere Person in ihm.

Als er die Hauptstraße erreichte, war der Mond hinter dem Hügel verschwunden. Mit Vollgas rauschte er über die Straße, den Oberkörper über den roten Tank gebeugt.

An der Ausfahrt bei Torrette sah er zu Cesares Haus hoch. Der Franzose stand vor der Tür, die rotglühende Zigarette zwischen den Lippen. Eine Frau sprach mit ihm. An der Straße wartete ein Wagen bei laufendem Motor.

Den Menschen passieren so viele Dinge, aber keiner weiß etwas vom andern.

»Sie haben meine Hündin umgebracht.«

Ettore saß auf einem Hocker, das Ledertuch auf den Knien. An seinen Fingern die schwarzen Spuren des Klebers – das Markenzeichen seines Berufs.

»Sie …?«

Cesare nahm das Glas und ließ den Grappa die Kehle hinunterrinnen. Als sich die erste Schärfe verflüchtigt hatte, spürte er einen Hauch Bitterwurz auf der Zunge, die sein Freund immer beimischte, um das Aroma zu verfeinern.

»Ich wüßte nicht, wer sonst.«

Oben hörte man kleine, leichte Schritte, jemand lief barfuß. Eine Lampe war auf Ettores Hände gerichtet, er hatte gerade einen Schuh repariert, als Cesare hereingekommen war. Ansonsten drang nur durchs Fenster etwas Licht.

»Was wollen sie von dir?«

»Sicher gehen, daß ich meinen Mund halte.«

Ettore verstaute den Schuh in einem Beutel, dann nahm er etwas Zitronenpaste und rieb sich damit die Hände ein. Im Schraubstock auf dem Tisch war ein Bergschuh eingespannt, die Nadel steckte noch in der Sohle. Ringsum lauter Dosen und zwei Rollen, eine mit einem dünnen, die andere mit einem dicken grünen Faden.

»Gestern war ich bei Faustos Hütte.«

Auf Ettores Stirn zeichnete sich eine Falte ab.

»Die Polizei war sicher auch schon da.«

»Ich wußte ja, wo ich suchen mußte«, sagte Cesare und betrachtete sein Spiegelbild im Glas.

Ettore fragte nicht nach. Sie betrachteten die alte Pfaff-Nähmaschine, die von ihrem Platz unterm Tisch zurückstarrte wie ein alter hinkender Hund, der schon viel durchgemacht hatte.

»Ich habe Geld gefunden. Nicht viel.«

»Sonst nichts?«

»Ein paar Tests und einen Schlüssel.«

Die Türglocke ertönte, dann wünschten zwei Frauen einander einen guten Tag, eine junge, eine ältere. Ihr Schatten fiel auf das mit Kisten vollgestopfte Regal über dem Türpfosten.

»Was für Tests?«

»Blut- und Urintests.«

Ettore rieb sich noch immer die Hände ein, es klang wie das Knistern elektrisierter Wolle auf der Haut. Seine Unterarme waren voller bläulich-schwarzer Venen.

»Hast du sie der Polizei gegeben?«

»Sollte ich?«

»Weiß nicht. Vielleicht haben sie ja gar nichts mit der Sache zu tun«, sagte er und trocknete die Hände am Handtuch ab.

Die Kirchturmuhr schlug zehn. Ettore erhob sich, und der alte Holzfußboden knarrte fürchterlich. Cesare fiel auf, daß sein Körper noch genauso stark und drahtig war wie damals, als sie sich kennenlernten.

Zwei Monate, nachdem Ettore aus Marseille zurückgekommen war, hatte er Cesare oben in seiner Hütte besucht und ihn gefragt, ob er beim Boccia-Turnier nicht sein Partner sein wolle. Cesare hatte sich schon daran gewöhnt, daß die Leute das Gesicht verzogen, wenn sie ihn auf der Straße sahen, als trüge er noch immer die graue Uniform mit der Nummer, also hatte er zunächst mit nein geantwortet, dann mit vielleicht, schließlich hatte er zugesagt, er habe aber keine Bocciakugeln, die müsse er ihm schon leihen. Von da an hatten sie im *Angelo* ihren festen Tisch und sie hatten ihre eigene Sprache, die die anderen nicht verstehen konnten. Und Nächte, von denen keiner etwas wußte.

Ettores Mutter hatte ihm den Namen »der Franzose« verpaßt, und das war keineswegs nett gemeint. Im Tal sagte man, alle Franzosen hätten Gicht, weil sie nicht fürs Wandern geschaffen seien, sie würden kaum pinkeln und dabei immer die Nase hoch halten, um den Gestank nicht riechen zu müssen.

Zusammen konnten er und Ettore über solche Dinge lachen, allein hätte es sie verbittert.

Die Totenglocke läutete, der schwarze Klang der Glockenschläge erfüllte den ganzen Raum.

»Es wird langsam Zeit«, sagte Ettore.

Sie verließen die Werkstatt und liefen durch den Laden, wo eine alte Frau in einem grünen Sessel saß und ein Paar Halbschuhe anprobierte. Unter ihren Strümpfen trug sie einen Verband, der bis zu den Knien reichte. Ettores Frau stand hinter der Theke, die Hände ruhig, der Blick fest – eine in sich ruhende Person.

Beim Hinausgehen winkte Cesare ihr kurz zu. Sie erwiderte den Gruß, indem sie ihre Lippen leicht bewegte.

Ettore hatte sie drei Jahre zuvor bei einer Taufe kennengelernt, zwischen ihnen hatte es sofort gefunkt, und innerhalb von sechs Monaten hatten sie geheiratet. Sie war die jüngste von drei Schwestern aus Stroppo und eben erst dreißig geworden.

Ettore war Cesares Jahrgang, und obwohl ihm damals schon die Haare ausgingen, sah er jünger aus.

»Ich geh dann mal«, sagte Ettore, streifte das Ledertuch ab und zog den Mantel an.

Die Frau nickte, dabei wirkte sie weder zärtlich noch kühl. Sie hatte helle Haut und die tiefschwarzen Augen der Frauen aus dem Tal. In ihrem Gesicht lagen der Stolz und die Ruhe der Araber, die einmal hier gewesen waren.

»Wenn's spät wird, schließe ich …«

»Ich werde rechtzeitig zurück sein«, meinte Ettore, bevor sie den Satz beenden konnte.

Ein vorbeifahrendes Auto ließ die Scheiben des Schaufensters erzittern.

Cesare musterte die Frau.

Im Dorf sagt man, zwanzig Jahre Altersunterschied merke man vor allem nachts, weniger am Tag. Ettore ließ sie nie allein, aus Angst, jemand könnte in seiner Abwesenheit vom Käse naschen.

Als sie draußen waren, zündete sich Ettore eine seiner italienischen Zigaretten an, streckte auch Cesare das Päckchen hin, der wortlos seine Gitanes herauszog.

»Rauchst du die noch immer?«

»Eher würde ich aufhören, als zu wechseln ...«

Sie rauchten in tiefen Zügen, um die Kälte zu vertreiben. Der Himmel war grau, aber nicht drückend. An der Bushaltestelle suchten zwei Männer, älter als die beiden, ihre Taschen zusammen und stiegen in den Bus.

Ettore ließ seinen Blick über das Dorf schweifen und schüttelte den Kopf.

»Ziemlich traurig hier! Die Jungen sterben, und übrig bleiben die Alten.«

Auf der Fahrt zur Kirche stellte sich Cesare den Körper seines Freundes und den der jungen Frau vor, beide ineinander verhakt, wie Zähne, die sich in Brot festbeißen.

Mit der rechten Hand drückte der Mann ein nacktes, nur wenige Monate altes Kind auf den Boden. Seine Linke hielt ein Messer umklammert, mit dem er gleich zustechen würde. Das Baby hatte am Bauch bereits eine Wunde, aus der die Eingeweide herausquollen. Der Maler hatte sie nur verschwommen skizziert, so, als hätte sein Pinsel in der Hand gezittert. Am Rand des Freskos waren weitere Mörder, Säuglinge in Windeln und Frauen mit erhobenen Armen, um ihre Kinder zu verteidigen.

Cesare spürte, wie erschöpft er von all dem Übel auf der Welt war, und wandte den Blick zum Altar. Der Holzsarg, schlicht und ohne Verzierungen, stand auf zwei Bökken in der Mitte der Kirche. In der ersten Bank saßen Parin Giors, seine Tochter und der Schwiegersohn. Ein paar Bänke weiter Ettore. Boerio saß im Seitenschiff.

Cesare trat zum Polizeichef, und noch bevor er etwas sagen konnte, kam der andere ihm schon zuvor.

»Morgen muß ich in die Kaserne.«

»Warum?«

Boerio schüttelte den Kopf und warf einen nervösen Blick zur Tür hinter ihnen.

»Sie wissen doch, daß ich nachts nie Streifen losgeschickt habe, wenn die Übergaben waren. Und die Absperrungen im Tal habe ich auch jedes Mal entfernen lassen. Wenn die von dem Geld erfahren, hab ich ein Verfahren am Hals.«

Cesare wollte zurück an seinen Platz, blieb aber noch kurz stehen.

»Von mir hast du nie Geld gekriegt.«

»Du bist auch nicht Fausto. Ich hatte keine Lust mehr, mit anzusehen, wie alle anderen abgesahnt haben ...«

Don Ottavio sprach über Jesus, wie er starb und wiederauferstand, und über die Nacht, in der er bei zweien seiner Jünger war und ein offenes Ohr für deren Ängste hatte. Er sprach über einen Gott, der zuhört, und darüber, wie Jesus seine Jünger an der Tür verabschiedet hatte, ohne ihnen Trost zu spenden oder Rettung zu verheißen.

Parin Giors saß mit gegen die Brust gedrücktem Kinn da. Er steckte in einem blauen Anzug, der an den Schultern spannte. Seine Tochter bewegte nervös ihre Füße, vor Kälte oder vor Ungeduld. Sie hatte ein braunes Kostüm an und trug das Haar gelockt. Ihr Mann war dick. Ein Gewerkschaftler.

Der traurige Weihrauchduft breitete sich im Mittelschiff der Kirche aus; jemand hustete.

Don Ottavio versprengte das Weihwasser und gab damit zu verstehen, die Messe sei zu Ende. Ettore und Giors' Schwiegersohn schritten zum Sarg, Cesare folgte ihnen, da mußten sie feststellen, daß einer fehlte, denn Boerio war schon hinausgegangen. Man rief den Fahrer des Leichenwagens, so daß sie jetzt zu viert waren. Sie trugen den Sarg hinaus und schoben ihn in den Wagen, der bereits in Richtung Friedhof geparkt war. Die wenigen Leute, die gekommen waren, mußten plötzlich ganz dringend irgendwo hin.

Auf dem Weg zum Friedhof starrte Cesare auf den Boden, er sprach mit keinem. Alle trotteten hintereinander her. Das monotone Schlurfen auf dem Asphalt wirkte einschläfernd.

Auf dem Friedhof hielt der Pfarrer eine kurze Predigt, dann wurde der Sarg in die Familiengruft gelegt und der Leichenbestatter schob eine Metallplatte vor die Öffnung, denn es sah nach Schnee aus und vor dem nächsten Tag hätten sie sie nicht verschließen können.

»Ciao Cesare.«

Cesare drehte sich nicht um, er hatte die Lehrerin schon zum Tor hereinkommen sehen.

»Schön, Sie zu sehen«, sagte er.

Lucy lächelte, weil er es nach so vielen Jahren noch immer

nicht geschafft hatte, sie zu duzen. In ihren Augen lag dasselbe Licht wie damals, als sie unterrichtete, und sie trug die gleichen schlichten Klamotten. Unverkennbar auch der große Leberfleck auf ihrer Stirn.

»Wie geht es dir?«

Cesare antwortete mit einer Phrase, die er schon oft auf Beerdigungen gehört hatte, dann drehte er sich leicht in ihre Richtung, um zu sehen, ob sie das Haar noch kurz trug. Sie bemerkte den Blick.

»Die Kurzhaarfrisur ist das einzig Gute, was sie vollbracht haben.«

Cesare lächelte. 1944, als er in der ersten Klasse war, hieß es, die Lehrerin habe über Funk den Engländern gesagt, wo sie angreifen sollten, deshalb nannte man sie Lucy. Von Verzuolo waren die Faschisten ins Tal hochgekommen, am Tag darauf war sie mit abrasierten Haaren in der Schule erschienen. Nach dem Krieg hatte sie einen Philosophielehrer aus Saluzzo geheiratet und zwei Kinder bekommen, denen sie kurze Namen gegeben hatte.

Die Leute drängten in Richtung Ausgang.

»Paß auf dich auf«, sagte die Lehrerin noch.

»Sie auch!«, sagte er nickend.

Die Frau ging zum Tor. Beim Schließen vernahm man ein Quietschen. Der Totengräber startete seine Vespa und fuhr wieder hoch zum *Angelo*, mit Sicherheit hatte er vorhin eine Runde Kartenspiel abbrechen müssen.

Cesare ging zu Ettore, er hatte sich nicht von der Stelle gerührt.

Sie liefen zum unteren Teil des Friedhofs, zeigten auf verschiedene Grablichter, die im schmutzigen Weiß des Schnees leuchteten. Einige Gräber hatten keine Gedenktafel. Gegen die Mauer waren ein Sack Zement und ein paar Bretter gelehnt.

Vor einer hellen Marmortafel blieben sie stehen. Ohne die Hände aus den Taschen zu nehmen, betrachteten sie durch den Dunst ihres eigenen Atems das Grab.

»Wie lange ist das jetzt schon her?« fragte Ettore.

Ein paar Schneeflocken fielen und bildeten auf ihren schwarzen Mänteln Stickereien, die sofort wieder verschwanden.

»Dreizehn Jahre.«

Ettore entfernte einen Tabakkrümel von der Lippe und schnippte ihn auf den Boden.

»Kommt mir vor wie gestern, daß ich Euer Trauzeuge war ...«, sagte er noch.

Von einer der Almhütten auf der anderen Seite des Flusses bellte verzweifelt ein Hund. Cesare betrachtete Adeles Lächeln im ovalen Rahmen, er fühlte sich einsam, und das schon seit einer Ewigkeit.

Seit etlichen Jahren war Champaneise nur noch eine Ansammlung von Steinruinen.

Als Cesare ein kleiner Junge war, wohnten da oben noch ungefähr ein Dutzend Familien, die ein paar Kühe hatten und nur wenig zum Leben brauchten. Deren Kinder hatten sich, sobald sie erwachsen waren, zwischen Frankreich und der Ebene verstreut.

Anfangs waren sie im Sommer noch zur Heuernte gekommen, oder um das Dach zu reparieren, aber im Laufe der Jahre waren die Besuche immer seltener geworden, ein paar Alte waren gestorben, andere ins Heim gezogen, und so waren nach und nach die Häuser verfallen.

Was hatte Fausto an jenem Samstag da oben zu suchen? Wollte er sich mit jemandem treffen? Eine Ladung abholen?

Cesare betrachtete die Ruinen von Champaneise, schweigend standen sie im Nebel, der vom Tal aufstieg. Sie sahen aus wie ein paar Würfel, die man auf einen Tisch gekippt hatte und die nun zufällig übereinander lagen. Auch die leeren Fenster gaben keine Antwort.

Warum hätte Fausto diese Almen nutzen sollen? Die Lage war denkbar ungünstig. Viel zu offen und viel zu weit weg von der Grenze.

Er hatte ihm Orte gezeigt, die bei weitem sicherer und auch näher an den Grenzübergängen waren.

Der abgehackte Schrei eines Alpenschneehuhns ertönte aus dem Tal und unterbrach seine Gedanken. Das rot-weiße Band der Polizei kennzeichnete die Stelle, wo der Körper gestürzt war. Nur unweit verwies ein anderes Zeichen auf den Punkt, von dem man ihn den Abhang hinuntergestoßen hatte.

Cesare hustete.

Tief unten im Tal die kleinen, farblosen Häuser von Confine, dicht aneinandergedrängt lagen sie da. Sein beiger Wagen im Hof sah aus wie ein Kaffeefleck.

Vielleicht hatte Fausto von da oben ja gerade nach Cesares Fenster Ausschau gehalten, während er die Schritte des Mannes gehört hatte, der immer näher und näher gekommen war, um ihn zu töten. Cesares Namen hatte er aber bestimmt nicht gerufen, denn sicherlich hatte er wieder einmal beschlossen, es allein zu schaffen.

Es wurde langsam dunkel, doch Cesare hatte es nicht eilig. Er wußte ja, zu Hause erwarteten ihn nur die Stille und der dunkle Fleck auf dem Fußboden, der sich nicht mehr entfernen ließ. Also machte er einen Umweg, und bevor er das Dorf erreichte, verließ er den Pfad und ging zu einem jungen Walnußbaum. Der Hang war hier weniger steil.

Das Gewirr aus Ästen und Blättern wurde zu einer Wiese hin lichter, aufgeschüttete Erde befleckte den weißen Schnee. Die Erde trug noch die Spuren des Spatens, mit dem er sie festgeklopft hatte. In dieser Nacht war kein Tier gekommen, um herumzuwühlen.

Cesare steckte sich eine Kippe an und sprach mit seiner Hündin. Er erzählte ihr von Adele und von Fausto, von der Beerdigung und von seiner Erschöpfung. Er erzählte ihr von dem Geld und dem Schlüssel, die er in dem Versteck gefunden hatte. Von den Leuten, die ihm etwas Böses antun wollten und ihr selbst, der Hündin, schon angetan hatten. Danach schwieg er eine Weile, als wartete er auf eine Antwort. Beim Gehen verabschiedete er sich von ihr, indem er sie beim Namen nannte.

Im Hof angekommen, ging er zunächst in den offenen Schuppen, um Holz für den Abend zu holen.

Während er eine Kiste mit Holzscheiten füllte, welche die richtige Größe für den Ofen hatten, sah er, daß einige Beeren vom Strauch gefallen waren, und sein Herz schlug ihm bis zum Hals.

Als er von der Beerdigung nach Hause gekommen war, hatten die Beeren noch nicht da gelegen, und er war sicher, daß er den Strauch nicht berührt hatte. Schnell suchten seine Augen nach Fußabdrücken. Die Person war eindeutig von der Wiese her gekommen, um das Auto herumgeschlichen und zur Hausrückseite gelaufen, vielleicht hatte sie ein Fenster zum Einsteigen gesucht.

Cesare ließ die Kiste sinken, und in einem Satz war er an der Hausecke. An der Nordseite gab es keine Fenster, nur den kleinen Lichtschacht des Kellers. Dann war da noch die vermeintliche Tür vor der Öffnung, welche Jahre zuvor ohne Genehmigung zugemauert worden war. Aus dem Wald ertönte das Ächzen der Bäume, das die Kälte noch verstärkte.

Er lief die Hauswand entlang und spähte um die nächste Ecke.

Der Mann war knapp neben, beziehungsweise unter ihm. Er stand vor dem Schlafzimmerfenster und spähte hinein. Er hatte kurzes Haar, war groß und schäbig gekleidet.

Cesare zog sein Messer heraus, die Handfläche an die Klinge gedrückt, damit sie kein Geräusch von sich gab, seine Bewegungen waren sauber, präzise koordiniert.

Er sprang hervor, packte den Mann an der Schulter und hielt ihm das Messer an die Kehle.

Der Mann zeigte zunächst keine Reaktion, als ginge ihn das alles gar nichts an, erst dann versuchte er, sich zu befreien. Cesare machte eine ruckartige Bewegung, um ihm die Füße wegzuziehen, und das Messer grub sich ins Fleisch bis zum Wangenknochen.

Der Mann stöhnte kurz auf, und als Cesare den Griff lockerte, sank er zu Boden.

»Dreh dich um, sonst bring ich dich um«, sagte Cesare.

Der Schnee um das Gesicht des Mannes färbte sich rot.

»Dreh dich um!«

Sergio drehte sich um.

Ein klarer Schnitt lief vom Kinn die Wange hoch, bis knapp

unters Ohr. Das rotbraune Blut strömte aus der Wunde und verschwand im Ausschnitt des Pullovers.

Cesare ließ das Messer sinken.

Sergio sah auf die Hand des Franzosen, von der sein eigenes Blut tropfte. Er faßte sich an den Hals.

»Ich sterbe«, sagte er ohne Trauer in der Stimme.

Der Franzose parkte nicht auf der kleinen Piazza am See, sondern in einer Straße gleich hinter Ponte. Das Dorf war wie ausgestorben. Die wenigen hellerleuchteten Fenster waren beschlagen.

»Wann hast du sie da oben gesehen?«

Ohne die Augen zu öffnen, nahm Sergio das Tuch von seinem Gesicht. Die Wunde war ein schmaler Schlitz, der sich sofort wieder rot füllte, und schon begann das Blut vom Kinn zu tropfen.

»Donnerstag.«

Cesare rechnete nach, wieviele Tage verstrichen waren, dann schaltete er den Motor ab.

Sergio musterte ihn, während er die Jacke zuknöpfte. Cesares Ohr sah aus, als hätte ein Hund es zerbissen. Jedenfalls hatte irgend jemand oder irgend etwas ein fingernagelgroßes Stückchen abgerissen, denn das Ohrläppchen fehlte.

»Wie oft warst du oben?«

»Zweimal.«

»Hat dich jemand gesehen?«

Sergio antwortete, nein, niemand. Aus dem Gebläse strömte noch immer warme Luft. Die Bestie, die sich der Franzose auf seinen Arm hatte tätowieren lassen, hatte das Maul weit aufgerissen, und der Schwanz hatte sich im Jackenärmel verkrochen. Sie hatte die gleiche Farbe wie seine Haut.

Sie ließen den Wagen stehen und machten sich auf den Weg in Richtung Talsperre.

Im Haus des Wärters brannte Licht, die Rolläden waren heruntergelassen. Als sie vorbeiliefen, streckte der Hund die Schnauze aus seinem Häuschen und sah die beiden an, schien sich aber nicht sonderlich für sie zu interessieren. Der Schnee fiel senkrecht und verlor sich im Dunst über dem See.

»Hier sind sie rüber«, sagte Sergio und wies ins Tal. Cesare beugte sich übers Geländer. Unter ihm wurde der Varaita-Fluß zweiarmig, auf dem Grund lag feiner Kies.

»Wie spät war es?«

»So zehn.«

Nachdenklich ließ Cesare seinen Blick über den Gebirgskamm gleiten. Wie oft war er ihn schon entlanggelaufen – fast sah er sie hochsteigen und im Wald verschwinden. Sergio rieb sich die Hand an der Hose, die ihm der Franzose gegeben hatte. Seine eigene lag, zusammen mit dem Pullover, im roten Wasser einer Waschschüssel.

»Sie sind den Grat hoch und dann um den See herumgefahren.«

»Wieviele Autos waren es?«

»Es war ein LKW. Ein ziemlich großer Mann sprach mit dem aus Caldane, dann hat er hinten aufgemacht und die Leute sind herausgeklettert.«

Sie folgten dem Ufer gegenüber der Bundesstraße, immer im Schutz der Kiefern, liefen um Castello herum und nahmen eine Abkürzung über die Wiesen, dann Richtung Fluß, zum Fiutrusa-Tal. Der Franzose bewegte sich mit großer Sicherheit in der Finsternis. Er schien aus anderem Holz geschnitzt zu sein als die meisten Menschen, eines, das man nicht einritzen oder verletzen kann, das aber dennoch sehr brüchig ist. Oder ein harter Stein mit einer versteckten Stelle, die leicht bricht.

Als sich die Talmulde öffnete, blieb Cesare stehen. Es hatte aufgehört zu schneien, und das Wasser des Sees hatte die Farbe von Quecksilber angenommen. Von den Häusern drang nur Hundegebell. Keine Stimme, nicht einmal das Motorengeräusch eines Autos in der Ferne.

»Rechts?«

Sergio erkannte den Weg wieder.

»Ja.«

»Geh voraus, aber langsam.«

Zuerst war Sergio die Gegend fremd vorgekommen, doch nach und nach hatte er sich ein Beispiel an Tieren genommen, die aufgrund von Gerüchen und Geräuschen eine Fährte aufnehmen, und so waren seine Schritte jetzt bedächtig und gleichmäßig.

Als sie das Plateau erreichten, überholte Cesare, ohne einen Ton zu sagen, und ging voran.

Als kenne er den Weg in- und auswendig, ließ er die Hütte, an der Sergio am ersten Abend stehengeblieben war, links liegen und lief auf das hintere Ende der Almwiese zu. In der Luft hing der Gestank von verbranntem Harz, diesmal noch schärfer, weil kein Wind ging und die Kälte nachgelassen hatte. Dann sah Sergio die Hütte, die sich deutlich gegen das Blau des Schnees abhob.

Die Wunde machte sich mit einem stechenden Schmerz bemerkbar. Er spürte seinen Herzschlag an verschiedenen Stellen pochen. Der eine Teil schlug im Bauch, der andere hinter den Schläfen. Er dachte, das ist die Angst, etwas, das eingesperrt ist und jetzt drückt, um die Haut aufzureißen und zu fliehen.

Cesare merkte, daß der Atem des Jungen kürzer wurde, blickte aber weiterhin stur geradeaus. Je näher sie der Hütte kamen, desto lauter ertönte ein Gesang. Das Knistern der Flammen wurde zu einem lauten Krachen.

Als Cesare die Tür erreichte, zögerte er nicht – auf einen Schlag verstummte das Lied.

Ungefähr ein Dutzend Personen saßen im Kreis auf dem Boden, sie hielten sich an den Händen. Ihre Gesichter schienen allesamt aus demselben Leder gegerbt. In ihren Augen lag eine Mischung aus Furcht und langer Erwartung.

Ein alter Mann führte seine gefalteten Hände zum Kinn und neigte den Kopf.

»Gehen?« fragte er.

Cesare ließ seinen Blick über die Leute gleiten. Da war ein kleiner Junge, vielleicht zwei Jahre alt. Ein zweiter, kaum älter, kauerte neben einer alten Frau. Daneben war jemand in eine Decke gewickelt, er schlief oder war tot.

»Gehen, Monsieur?« fragte der Alte wieder in seinem leiernden Ton.

Cesare drehte sich zu Sergio. Der Junge schien im Schatten dieser Gesichter irgend etwas zu suchen.

»Schmeiß Schnee auf das Feuer. Und noch was: Du darfst nie mit ihnen reden.«

Cesare lehnte sich an den Tresen, um seine nasse Hose zu verbergen.

»Einen Kognak«, sagte er.

Lino bekundete mit einem *bonsoir* seine Verwunderung, ihn um diese Uhrzeit anzutreffen. Er nahm die Flasche mit dem Stier auf dem Etikett vom Regal und füllte das Glas knapp über dem Strich.

»Setz dich doch.«

Cesare sah zu dem Tisch, der einmal Ettores und sein Stammtisch gewesen war. Jetzt saßen drei Typen aus Becetto dort, einer war ziemlich dick, die beiden anderen waren Teilhaber seines Transportunternehmens.

»Laß mal, ich muß noch telefonieren.«

Lino sah in seinen Augen wieder dieselbe Müdigkeit wie damals, wenn er in der Dunkelheit durchs Gebirge gepirscht war. Er legte genügend Kleingeld für ein Ferngespräch auf den Tresen.

»Jetzt ist frei.«

Cesare nahm die Münzen und ging zur Kabine.

Die Gesichter waren noch immer dieselben wie drei Jahre zuvor. An den Tischen saßen noch immer dieselben Leute und spielten Karten. Und die, die nach Feierabend ein bißchen plaudern wollten, standen am Tresen. Auch der Duft nach feuchtem Sägemehl war noch genau so, wie er ihn in Erinnerung hatte. Nur die Vorhänge hatten eine andere Farbe.

Als Cesare bei der Kabine war, hörte er, wie ihn jemand rief.

Die Kommissarin saß am hintersten Tisch neben der Jukebox, die noch nie ein Lied gespielt hatte. Auf dem Stuhl gegenüber hing ein schwarzer Männermantel, auf dem Tisch stand nur ein Glas.

»Sitzt hier schon jemand?«

»Nein. Ich wollte gerade beim Billard zusehen.«

Die Kommissarin nahm den Mantel und legte ihn woanders hin. Cesare stellte seinen Kognak neben den Aschenbecher und setzte sich. Etwas zögernd führte die Frau eine Zigarette an ihren Mund.

»Ich hab gestern wieder angefangen«, sagte sie lächelnd. »Was bleibt einem hier auch anderes übrig.«

Cesare nickte.

Von den anderen Tischen kamen ein paar neugierige Blicke. Abgesehen von einer Frau mittleren Alters und einem jungen Mädchen, das an der Telefonkabine lehnte, war die Kommissarin die einzige Frau in der Wirtschaft.

»Sie schulden mir noch eine Geschichte, erinnern Sie sich?«

Er sagte, er erinnere sich nicht.

»Gestern kam Ihre Akte von den Kollegen aus Marseille.«

Cesare fuhr sich mit der Hand über die Wange, seine Finger fühlten die Stelle, wo das Ohrläppchen fehlte. Ein junger Kerl ging zu dem Mädchen am Telefon, sie hielten Händchen und alberten ein bißchen herum.

»Dann haben Sie den Bericht ja gelesen. Was wollen Sie noch wissen?«

Die Kommissarin drückte ihre Zigarette aus. Die Asche verteilte sich auf dem grünen Teller und überdeckte einen Schriftzug. Ihre Hände umfaßten die Ellbogen und schlanke Arme kamen zum Vorschein.

»In der Akte steht, daß Sie 1960 einen Polizisten angegriffen haben. Sie wurden zu fünf Jahren verurteilt. Als Sie die Strafe abgesessen hatten, wurden sie aus dem Dorf gejagt.«

Cesare nahm einen Schluck.

»Es war genau so, wie's im Bericht steht.«

Am Nebentisch redeten sie darüber, daß jemand ohne Genehmigung einen Baum gefällt hatte. Der eine schimpfte den anderen einen verdammten Betrüger, dieser lachte, er hatte längst Geld aus der Sache geschlagen.

Die Kommissarin ließ mit zwei Fingern das Glas rotieren. Die dunkle Flüssigkeit bewegte sich kaum.

»Ich würde gerne die ganze Geschichte hören.«

Cesare überlegte, worauf sie wohl hinauswollte, aber in den Augen der Frau entdeckte er nur die Farbe, für die er jetzt endlich einen Namen gefunden hatte. Er fischte eine Gitane aus der Tasche und zündete sie an.

»Mit achtzehn arbeitete ich auf einem Frachtschiff, das zwischen Frankreich und dem Libanon hin und her pendelte. Auf dem Hinweg transportierten wir LKW-Reifen, auf dem Rückweg Datteln. Nicht, daß ich das Meer besonders gemocht hätte, aber den Job am Hafen hatte ich verloren, und was anderes gab's nicht.«

Er machte eine Pause, nahm einen langen Zug, um sich besser zu erinnern. Die zwei Typen hinter ihnen redeten jetzt über einen dritten, der nicht da war, und schoben ihm die ganze Schuld in die Schuhe.

»Der Kapitän und der Zweite Offizier waren Franzosen, die anderen Spanier, dann gab's noch mich und einen alten Basken. Die Franzosen hockten abends immer in der Kabine des Kapitäns und lästerten über die anderen ab. Die Spanier verabredeten sich im Maschinenraum zum Kartenspielen. Und so hing ich immer mit dem Alten rum.«

Im Saal nebenan rollte eine Billardkugel ins Loch. Das Mädchen und der Junge hatten sich auf einen Barhocker gesetzt. Er umschlang ihre Hüfte, sie betrachtete ihr Spiegelbild in der Fensterscheibe.

»Die anderen konnten Alejandro nicht ausstehen, weil er Baske war und Anarchist, aber der Kapitän trug ihn auf Händen, weil er seit dreißig Jahren zur See fuhr und das Meer besser kannte als wir alle zusammen. Tagsüber war er in der Kabine und las, abends lief er auf Deck herum. Er hatte immer einen Hut und einen gefälschten Ausweis bei sich, denn er meinte, in allen Häfen könnten Francos Agenten lauern, die Abtrünnige suchten.«

Draußen war die Luft klar und still.

»Zwei Jahre lang waren wir zusammen unterwegs, dann, im Frühjahr '58, ist Alejandro vom Schiff runter. Er hatte sich in den Hügeln von Sidon ein Grundstück gekauft, ein kleines Häuschen mit Weinbergen. Unten wohnte eine Witwe, sie war in jungen Jahren wohl seine Geliebte gewesen.«

Die Kommissarin lächelte. Als könnte die Tatsache, daß in der Geschichte eine Frau auftauchte, das Unglück mindern.

»Bevor er von Bord ging, schenkte er mir das Buch, das er ständig mit sich herumtrug. Es war auf Spanisch, aber er sagte, eines Tages würde ich es schon verstehen.«

»Haben Sie ihn noch mal gesehen?«

Cesare schüttelte den Kopf.

»Sechs Monate später bekamen wir dann unseren Lohn nicht mehr regelmäßig. So ging das noch ein Jahr, bis sie uns mitteilten, daß der Betrieb pleite war. Der Frachter ging an eine griechische Reederei, die sich jedoch nicht verpflichtet fühlte, uns zu bezahlen.«

Zwei Männer kamen aus dem Billardsaal und glotzten auf die Beine der Kommissarin. Sie waren Maurer und reparierten Dächer. Vom ewigen Hieven der Schiefersteine hatten sie schon ganz langgezogene Arme. Cesare wartete, bis sie weg waren.

»Wir besetzten das Schiff. Die Leute am Hafen halfen uns, wo es ging, und brachten uns immer Essen. Früher gab's so was noch. Eines Nachts brachen Gendarmen bei uns ein. Ich schlug einem Polizisten eine Flasche auf den Kopf, und er verlor dabei sein Auge. Beim Durchsuchen der Kabine fanden sie das Buch, das Alejandro mir geschenkt hatte. Und weil darin auch von Anarchie die Rede war, war schon klar, daß es auf eine härtere Strafe hinauslaufen würde.«

Die Kommissarin senkte den Blick auf Cesares Hände. Der Gecko betrachtete sie durch das Kognakglas.

»Wie lange ist es her, daß Sie die Geschichte jemandem erzählt haben?«

Cesare durchforstete sein Gedächtnis und fand einen Sommerabend, als Adele und er noch nicht verheiratet gewesen waren. Bevor sie miteinander schliefen, hatte Adele wissen wollen, warum er im Gefängnis gewesen war und ob es sein könnte, daß man ihn wieder einsperrte. Danach waren sie nackt unter der Decke liegengeblieben und hatten den Geräuschen der Erde gelauscht.

»Weiß nicht.«

So saßen sie eine Weile da, schweigend, bis die Kommissarin wieder zu sprechen anfing.

»Heute ist Berardis Konto aufgetaucht, das er bei einer französischen Bank hatte.«

Sie unterbrach sich und strich eine Locke, die es gar nicht gab, aus der Stirn.

»Das Geld ging an einen gewissen Antonio Damasco, einen älteren Herrn, Inhaber eines Restaurants und zweier Diskotheken in Turin. Im Moment ist er nur ein Name, aber sollte es sich tatsächlich um ihn handeln, wäre es besser, Sie würden für ein Weilchen verschwinden.«

Cesare starrte sie an, und zum ersten Mal hatten ihre Augen es nicht eilig, sich voneinander zu lösen. Sie lächelte.

»Den Kognak spendiere ich«, sagte sie und schlüpfte in ihren Mantel.

Cesare wartete, bis die roten Bremslichter des Fiats hinter der Kirche verschwunden waren, dann ging er zum Telefon, warf zwei Münzen ein und wählte eine Nummer.

Eine Frauenstimme nannte den Namen eines Restaurants.

»Gib mir mal Antonio«, sagte er trocken, »ich bin's, der Franzose.«

»Komm runter!«

Sergio streckte seinen Kopf unter der Decke hervor und sah die schwarze Gestalt seines Vaters, der in der Tür stand und ihn anstarrte.

»Was ist los?«

Der Mann rührte sich nicht, er schwieg. Sergio richtete sich auf, und die nackten Schultern kamen zum Vorschein. Das gelbe Licht schlich sich vom Flur ins Zimmer.

»Was ist los?« fragte er noch einmal.

Der Vater stieß mit einem Fuß die Tür ganz auf. Die Wände des Zimmers waren kahl. Ein Schrank, ein Stuhl mit den Kleidern darauf und ein Radio in Form eines Motorrads. Über dem Bett noch die Umrisse eines Posters, das er irgendwann abgenommen hatte.

»Komm runter«, sagte er trocken und ging wieder zur Treppe.

Sergio hörte, wie sich seine Schritte nach und nach in Stille verwandelten. Draußen war der Himmel klar und die Morgendämmerung noch weit entfernt.

Was sollte er nur sagen, wenn sein Vater ihn fragte, wo er die letzten Abende gewesen war? Bei der Tante, das ging nicht, sicher würde der Vater am nächsten Tag zu ihr in den Laden gehen und sie fragen. Im *Angelo* konnte er auch nicht sagen. Höchstens bei Romano und den anderen. Und wenn er es längst wußte?

Er schlüpfte in Pullover und Hose, zog seine Schuhe an und stieg langsam die Treppe hinunter. Eine leichte, ihm unbekannte Übelkeit verkrampfte seinen Magen, irgend etwas zwischen Hunger, Müdigkeit und dem dringenden Wunsch, daß hoffentlich alles bald vorbei sein würde. Von dem sicheren Gefühl ein paar Stunden zuvor, als er hinter dem Franzosen hergetrottet war, war nur noch die Wunde in seinem Gesicht übrig.

Sergio betrat die Küche, aber da war keiner. Er wartete kurz, lauschte dem Ofen, der in der Ecke vor sich hin keuchte, dann ertönte aus dem Stall ein langes Muhen, das ihn zu rufen schien. Ohne eine Jacke überzuziehen, verließ er den Raum und ging nach draußen.

Die Nacht stand still, der Mond lag schwer auf dem Gebirge, Täler und Bergkämme hoben sich deutlich ab. Die Dächer in Sampeyre schimmerten feucht.

Als Sergio in der Stalltür stand, sah er hinten den Vater auf dem Boden knien. Er bewegte die Lippen, als würde er mit irgend etwas sprechen, das aus der Erde kam. Sein Körper war angespannt und starr vor Anstrengung. Er drehte sich zu seinem Sohn, Sergio machte ein paar Schritte auf ihn zu, und plötzlich wußte er, das alles hatte er schon einmal erlebt. Etwas, das er seit langem in sich trug. Etwas, das ihn immer begleitet, ihm seine Stimme und seinen Schlaf geraubt hatte.

Er stand nun hinter dem Vater.

Die Kuh lag ausgestreckt auf dem Boden, die Augen so groß wie zwei Fäuste. Die anderen Kühe glotzten stumm auf die unförmigen Schatten, die die Gaslampe an die Wände warf. Im Stall hing der Geruch von Blut.

»Nimm die Seiltrommel«, sagte Nelino, während sein Arm das Geschlecht des Tieres abtastete.

Sergio empfand weder Angst noch Ekel. Mit sicheren Bewegungen hakte er die Rolle in den alten, verrosteten Ring am Balken ein, dann machte er unaufgefordert eine Schlaufe in das Seil.

Der Vater nahm es, führte es in die Vagina ein und tastete sie mit beiden Händen ab.

»Zieh«, sagte er, als er die Schlaufe um die Beine des Kälbchens gelegt hatte.

Sergio sah auf die roten, klebrigen Fäden, die an den Handgelenken des Vaters hingen. Da wurden wieder bruchstückhafte

Erinnerungen an einen bleiernen Abend in ihm wach. Er war noch sehr klein gewesen, auch damals hatte der Vater die Ärmel hochgekrempelt. Die Mutter hatte auf dem Sofa gelegen und geschrien. In der Luft derselbe Geruch nach Blut und Frau. Die Übelkeit war plötzlich Salz, das in der Kehle brannte.

»Los, sonst stirbt sie noch! Zieh!«

Das Seil in seinen Händen erschien ihm wie ein Stück Faden. Mit seinem ganzen Gewicht hängte er sich daran. Die Kuh stieß einen Schrei aus und aus ihrem Leib flutschten zwei braune Stecken.

Der Vater ergriff sie und begann zu ziehen.

»Komm, du schaffst es!«

An jenem Abend hatte Sergio ihn dasselbe sagen hören, von seinem Versteck unterm Tisch aus. Danach hatte der Vater etwas nach draußen getragen, es war in ein Handtuch gewickelt, und die Mutter hatte geweint, bis sie Sergio bemerkt hatte. Alles sei gut, hatte sie gesagt, jetzt sei ja alles vorbei.

In dem Moment glitt das Kalb auf den kalten, harten Stallboden. Sein Fell war grau, es bewegte sich nicht. Durch die geschlossene Schnauze drang ein bibberndes Schnauben. Der Vater nahm eine Hand voll Stroh und begann es abzureiben.

»Komm, hilf!« sagte er.

Sergio kniete sich neben ihn, und während er über die Rippen des Kälbchens rieb, konnte er den beißenden Schweiß des Vaters riechen. Er dachte, daß dieser Geruch nie wieder an der Mutter kleben würde, daß sie jetzt in einem Haus am Meer wohnte, zwischen weißen Mauern und ohne Kachelofen.

Das Kälbchen machte einen Ruck, und im nächsten Moment stand es. Auf gespreizten Beinen versuchte es, einen Schritt auf die Kuh zuzugehen, fiel jedoch hin. Der Vater lächelte.

»Bring's rüber in die Box«, sagte er und wischte sich die Stirn an der Schulter ab, »sonst dreht sie mir noch durch.«

Sergio sah die Kuh an. Der jetzt leere Bauch lag schlaff auf dem Betonboden. Aus ihrem Körper tropfte dunkler Schleim.

Er hob das Kalb hoch, und als er es zur Box trug, spürte er, wie warm es im Bauch der Mutter sein mußte. Vorsichtig legte er es ins tiefe Stroh und streichelte seinen Kopf.

Als er wieder vor dem Vater stand, hatte dieser bereits das ganze Blut aufgewischt. Die Kuh lag nun ausgestreckt da und äugte auf das blaue Quadrat im Fensterrahmen.

»Was hast du da?«

Der Vater wies auf sein Gesicht.

Sergio wischte sich die Hände an der Hose ab, da fiel ihm auf, daß er noch immer die Klamotten des Franzosen trug.

»Hab mit dem Motorrad einen Ast gestreift.«

Die Kuh stieß einen Laut aus, um ihr Kleines zu rufen. Aus ihrem prall gefüllten Euter floß die Milch bis hin zur Abflußrinne. Ihr Kot war weiß, und der ganze Stall roch irgendwie nach Lack.

Der Vater nahm eine Flasche aus dem Regal.

»Trink«, sagte er, »das bringt Glück«, doch seine Stimme zitterte, was Sergio gar nicht an ihm kannte.

Sergio sah ihn regungslos an.

An jenem Abend hatte sich der Vater zuvor zweimal die Hände gewaschen und dann in einem Topf das Eisenwerkzeug ausgekocht. Bevor er sich zur Mutter hinunterbeugte, hatte er einen tiefen Schluck aus der Flasche genommen, um sich Mut anzutrinken.

»Ich werde bald Mama besuchen«, sagte er, die Worte schlugen ein, wie beim ersten Spatenstich, wenn man einen Stein trifft und die Splitter gefährlich durch die Luft fliegen.

Das Mädchen hatte ein Muttermal am Handgelenk, sie trug eine ordentlich gebügelte, blaue Uniform.

Als Cesare eingetreten war, hatte sie ein Buch auf den Knien liegen gehabt und gelesen, die Nickelbrille hatte sie jetzt abgenommen.

Cesare legte einen Schein auf den Tisch. In einer Ecke musterten ihn die leeren Augen einer Ritterrüstung. Das Neonlicht schien auf die Gemälde an den Wänden, auf denen lauter Halskrausen, Waffen und ernste Gesichter zu sehen waren.

»Sind Besucher da?«

Das Mädchen schüttelte den Kopf und schob ihm die Eintrittskarte hin.

»Nur ein Herr. Heute kommen keine Schulklassen.«

Cesare stieg die Treppe hoch und lauschte dem trockenen Schaben der eigenen Schritte auf den Stufen. Ein alter, roter Teppich bedeckte die Steinstufen, die vom vielen Benutzen ganz ausgetreten waren. Im zweiten Stock angekommen, ging er durch eine schmale Tür und stand schließlich in einem Zimmer mit einem großen Kamin.

Die Möbel waren aus Massivholz, der Fußboden aus Terrakotta, gemischt mit Stierblut. Überall an den Wänden stand HERRSCHE! – einst das oberste Prinzip des Adelsgeschlechts.

Eines Morgens vor zehn Jahren hatte Fausto diese Schriftzüge an den Wänden betrachtet und sich gedacht, so was müßten wir zu Hause auch haben! Cesare hatte geantwortet, kein Herrscher hätte je sein Motto überlebt, und das sagte alles. Fausto war noch ein kleiner Junge gewesen und hatte nicht weiter darüber nachgedacht – er hatte nur seine Augen benutzt.

Aus dem Zimmer nebenan ertönte ein Hustenanfall.

Cesare steckte seine Hand in die linke Hosentasche und befühlte den schweren Schlüssel, den er in Faustos Hütte gefunden hatte, dann verließ er das Zimmer und lief den kurzen Flur entlang.

Gleich darauf führte der Gang in einen großen Saal, dessen Wände mit Fresken bedeckt waren.

»Ciao Antonio«, sagte Cesare.

Ein alter Mann sah aus einem der beiden Fenster hinaus. Er war klein, aber nicht winzig. Der schwarze Mantel paßte perfekt zu seiner Erscheinung.

»Seit wann kennen wir uns jetzt schon, Cesare?«

Er antwortete nicht, denn er wußte, es war keine Frage.

Der Mann ließ verächtlich den Kopf hängen. Die Sonne schien selbstbewußt durchs Fenster. Am Morgen war das Tal unter einem Himmel aufgewacht, der endlich wieder wußte, welche Jahreszeit eigentlich war.

»In einer Woche werde ich zweiundachtzig. Als uns dein Onkel damals einander vorstellte, war ich so alt wie du jetzt.«

Cesare trat ans andere Fenster.

Der Garten war mit einer dünnen Schneeschicht bedeckt, schon bald würde sie unter der Sonne schmelzen. Im Westen erhoben sich die Berge, von denen er gekommen war, im Osten erstreckte sich die Ebene, über die die Festung einst geherrscht hatte. Vor dem Eingangstor scharrte ein Hund im Kies.

Antonio strich sich über seinen kupfer- und silberfarbenen Bart. Die Hautfarbe seines Gesichts war sehr dunkel, als hätte er vor einem qualmenden Feuer gearbeitet.

»In all den Jahren habe ich mich daran gewöhnt, daß du keine Dummheiten machst. Und dann kam gestern abend dein Anruf...«, mit einer abschätzigen Geste fuchtelte er in der Luft herum.

Cesare wartete, bis er fertig war.

»Wolltest du seinen Tod?« fragte er kalt.

Antonio holte ein Lakritzbonbon aus der Hosentasche und

schob es sich in den Mund. Seine Kiefer führten mahlende Bewegungen aus.

»Es ist dumm, wenn man etwas unbedingt wissen will, Cesare. Zumal es die Zweifel sind, die uns am Leben erhalten.«

Ein junger Mann lief über den Hof. Der gerade Rücken und die breiten Schultern spannten sich unter der Lederjacke. Sein Gang war der eines Soldaten nach Dienstschluß.

»Deswegen hättet ihr noch lange nicht meine Hündin umbringen müssen.«

Antonios Augen waren zu Asche geworden, sie hatten jegliche Schattierung verloren.

»Die Zeiten haben sich geändert, Cesare, und ich war mir nicht sicher, ob du das mitbekommen hast. So habe ich es dir auf meine Art mitgeteilt.«

Cesare kniff die Augen zusammen, die Sonne blendete allzu stark wegen des Schnees.

Der Mann auf dem Hof sah zu ihnen herüber. In seinem Gesicht lagen weder Härte noch Zorn – ein Mensch, der nur zum Töten geboren war und gar nichts anderes konnte.

»Weißt du, wo der das gelernt hat ... das, was er deinem Hund angetan hat?«

Cesare hatte es gleich gewußt, als er den Typen gesehen hatte; er sagte nichts, wartete, bis er erfahren würde, woher dieses ganze Böse kam.

»In der Armee in seinem Dorf brachten sie es den Rekruten bei. Jedes hundertste Kind stieg einen Dienstgrad höher. Gegen Kriegsende habe ich ihn auf einem Kühltransporter entdeckt, als er über die Grenze wollte.« Er machte eine Pause, um die richtigen Worte zu finden.

»Keine Prinzipien, kein Haß, keine Erinnerung – das ist die Welt, die kommen wird.«

Die Wände verschlangen gierig die Worte, was blieb, war ein knisterndes Schweigen. Cesare strich sanft über den Schlüssel in seiner Tasche. Der Gedanke, nach Hause zu gehen, ohne die Zweifel restlos beseitigt zu haben, schien ihm unerträglich.

»Fausto hat einen Auftrag nicht zu Ende geführt«, sagte er.

Antonio setzte den Stock auf, mühsam schleppte er sich in seinen Wollsocken und Sandalen zur Tür.

»Diese Menschen warten«, Cesare versuchte ihn zurückzuhalten.

Der Mann ging noch ein paar Schritte, dann blieb er an der Tür stehen und starrte auf die Wände.

Auf der Wand hinter Cesare rannten alte Männer und Frauen zu einem Brunnen, gereinigt stiegen sie wieder heraus. An der anderen stolzierten berühmte Frauen und Männer. Die Frauen wirkten alle irgendwie krank oder grausam oder verrückt.

Antonio verzog das Gesicht, »Schade« sollte das heißen, und mit einem süffisanten Grinsen sah er Cesare an.

»Du warst ein guter Schleuser«, sagte er, »vielleicht bist du's ja noch immer.«

Nach diesen Worten drehte er sich zur Tür und schleppte sich mit seinen alten, bösen Schritten die Treppe hinunter.

Den Morgen hatte er im Bett verbracht und durchs leicht geöffnete Fenster das klare Septemberblau betrachtet, das mit der Morgendämmerung gekommen war.

Die Zeit verstrich zäh an diesem Vormittag, draußen schaukelten die Äste der Rotbuche, der Mond hing wie ein Phantom über dem Gebirgskamm. Um elf tauchte der Händler mit seinem Lastwagen im Hof auf.

Sergio hörte, wie sich die rauhe Stimme des Vaters mit der des Mannes vermischte, schließlich war die Stalltür zu hören, dann Ruhe. Ein paar Minuten später füllte das Schreien des Kälbchens sein ganzes Zimmer aus. Die zwei Männer verabschiedeten sich, und der startende Motor übertönte das Geschrei des Tieres.

Plötzlich spürte Sergio den ganzen Kummer, den er letzte Nacht unterdrückt hatte. Kummer wegen seiner Mutter, und weil er ihre Briefe nie beantwortet hatte. Kummer wegen der Kommentare des Vaters, der ihm so oft sagte, er sei wie sie. Kummer wegen sich, weil er es irgendwann selbst glaubte.

Am Morgen hatte er also wieder die Briefe mit der großen Schrift durchgelesen.

In den ersten stand, sie sei krank und müsse sich am Meer erholen, wegen der guten Luft. Sie bat ihn, brav zu sein, und versprach, sie würden sich bald wiedersehen.

In den folgenden Briefen kein Wort mehr über ihre Krankheit. Nach und nach hörte sie auf, ihn Schatz zu nennen, als hätte sie gesehen, daß aus ihm mittlerweile ein Mann geworden war. Doch jedesmal bat sie ihn, nicht böse zu sein und sie so bald wie möglich zu besuchen.

Als Sergio alle gelesen hatte, ließ er sich in die Kissen sinken und überlegte, wie weit es wohl sein mochte, von seinem Zimmer bis nach Marseille. Er dachte sich, so weit könne es nicht sein, schließlich hatte der Franzose es hin und wieder zurück geschafft. Sollten sie zufällig mal auf das Thema zu sprechen kommen, würde er ihn fragen.

Der Zwölf-Uhr-Glockenschlag hatte ihn aus seinem Grübeln gerissen, er lag noch immer auf dem Bett und starrte die Decke an, sein Geist müde von den vielen ineinander verhakten Gedanken.

Widerwillig stand er auf.

Er aß ein Stück Salami und die Reste einer Dose Makrelen aus dem Kühlschrank. In der Küche war es kalt, der Ofen war aus.

Ab und zu bildete er sich ein, durch den Fußboden hindurch die Stimme des Vaters zu hören, der dem Vieh all das erzählte, was er den Menschen nie erzählte.

Nach dem Abwasch ging er wieder nach oben und schnappte sich den großen Rucksack, den von der Armee. Im Wandschrank waren Decken und alte Pullover, die irgendwann mal das Heu vor der Feuchtigkeit schützen sollten. Er verschnürte alles und stopfte es in den Rucksack – wie der Franzose gesagt hatte.

»Hast du ein paar alte Decken?« hatte er ihn gefragt, als sie am Abend zuvor gemeinsam runter zur Bundesstraße gefahren waren.

Als er bejaht hatte, hatte der Franzose ihm erklärt, was zu tun sei, und ihm Zeit und Ort genannt, wo sie sich am nächsten Tag treffen würden. Sergio hatte schon fragen wollen, wer denn diese Menschen seien, und was jetzt mit ihnen passieren werde, aber der Franzose hatte sich an sein verstümmeltes Ohr gefaßt, und sie hatten den Rest der Fahrt geschwiegen.

Nun stand Sergio vor dem Bäckerladen und rauchte.

Die Straße, die Fenster, die Mauern des kleinen Gäßchens waren wie immer, aber jetzt meinte er aus den Häusern das malmende Geräusch unzähliger kauender Kiefer zu hören. Dasselbe taten sein Vater und die Tante und alle, die davon wußten, auch. Auch sie hatten dieses dreckige Ding im Mund behalten, und während es schmolz, redeten sie weiter, aßen, lachten und lebten ihr Leben weiter, und auch er lebte das seine weiter.

Bei dem Gedanken wurde Sergio richtig schlecht, und er setzte sich auf den Brunnenrand.

Jetzt war ihm klar, daß das traurige Licht in den Augen seiner Mutter dasselbe war, das er bei Fausto schon gesehen hatte und beim Franzosen und auch bei sich selbst, als er eines Morgens aufgewacht und erwachsen gewesen war. Es war der Blick eines Menschen, bei dem die Steine im Mund einfach nicht schmelzen.

Punkt drei öffnete Elvira die Ladentür und sah, wie er dasaß und das Blau über dem Gäßchen anstarrte.

Die Tante erkundigte sich nach dem Vater, er antwortete, er habe ihn den ganzen Morgen nicht gesehen, und es sei ihm auch egal. Die Frau gab ihm einen Klaps auf die Wange, dabei bemerkte sie die Wunde und wurde auf einmal ernst.

»Bin mit dem Motorrad gestürzt.«

Ein kurzes Lächeln entwischte ihm.

»Der Onkel ist hinten«, sagte sie.

Sergio betrat den Raum, wo der Mann am Tisch Zeitung las. Er legte den Rucksack ab und setzte sich ans andere Tischende. Der süße Geruch ließ einem den Atem stocken, aber durchs Fenster kam eine leichte, frische Brise.

»Wie läuft's bei Toro?«

»Sie stehen ganz unten«, sagte der Onkel, ohne den Blick zu heben. Die Brille saß auf der Nasenspitze, seine blauen Augen schienen darauf zu tanzen.

Sergio betrachtete das Muster, welches das Fenstergitter an die Wand warf. Daneben war ein Wasserfleck, der ihm nie aufgefallen war; wie eine auf dem Kopf stehende Kirche sah er aus.

»Ich dachte, du bist Juve-Fan, wie dein Vater.«

Sergio schüttelte den Kopf.

»Früher mal.«

Sein Onkel war eigentlich immer nett zu ihm gewesen, aber jetzt machte ihn dieses herzliche Getue richtig wütend. Eine ihm unbekannte, innere Unruhe brodelte in ihm, wie wenn man die Farbe von Blut sehen will, aber genau weiß, dafür muß man erst sein Fleisch aufritzen.

»Habt ihr Mama eigentlich nie besucht?« fragte er trocken.

»Ab und zu schon«, sagte der Onkel, aber Sergio wußte, das stimmte nicht, und wenn doch, dann war es lange her. Jemand betrat den Laden. Man hörte, wie ein Mann und eine Frau die Tante grüßten.

»Warum habt ihr mich nie mitgenommen?«

Der Onkel hob den Blick von der Zeitung, gerade so weit, daß er Sergios Augen begegnete, die ihn groß und unbewegt fixierten. Er streckte seinen Arm nach der Tasse auf dem Tisch aus und nahm einen Schluck.

»Deine Mutter wollte lieber ...«

»Du lügst«, fiel ihm Sergio ins Wort.

Der Onkel lächelte, doch seine Lippen waren nervös. Die Augen wirkten wäßrig, das Blau zu fahl. In dem Moment wurde der Vorhang zur Seite geschoben, und Elvira schaute herein. Die Tante war bleich und wußte nicht, wo sie hinschauen sollte.

»Kommst du mal kurz?« sagte sie.

Der Onkel stand auf und verschwand hinter dem Vorhang. Sergio blieb allein zurück und trat ans Fenster.

Aus dem Laden drangen gedämpfte Stimmen. Die Tante sagte, sie kenne den nur vom Sehen, darauf die Frau: »Verstehe.« Der Onkel hatte noch keinen Ton gesagt.

Sergio betrachtete eine kleine Wolke, die an der Sonne vorbeizog. Noch vier Stunden bis zur Verabredung mit dem Franzosen. Der dringende Wunsch, hinauszugehen, drückte gegen seine Schläfen. Eine geflügelte Ameise wälzte einen Brotkrümel über den Fenstersims, im grellen Licht der Sonne zeigten die zusammengeklappten Flügel hellgrüne Reflexe. Er ging zurück zum Tisch, nahm den Rucksack und schob den Vorhang beiseite, dahinter empfing ihn ein Schweigen voller auf ihn gerichteter Blicke.

»Mein Neffe«, sagte die Tante mit einem leichten Zittern in der Stimme.

Sergio begrüßte den Mann und die Frau. Er, groß, dünn und ganz in Schwarz gekleidet. Sie, diesmal weniger hübsch als das letzte Mal, als er sie in Sampeyre im Polizeiwagen gesehen hatte. Sie hielt ein kleines blaues Heft in den Händen und sagte »Ciao«. Der Mann grüßte nicht.

Beim Hinausgehen sah Sergio zum Onkel. Der starrte irgend etwas auf dem Fußboden an, in seine Wangen hatten sich tiefe Spuren des Bedauerns eingegraben, wie er sie bei ihm noch nie gesehen hatte.

Die restliche Zeit verbrachte er außerhalb des Dorfes auf einem Baum sitzend und rauchend, er zog so heftig an der Zigarette, als hätte sie auch irgendeine Schuld.

Diesmal kostete es sie mehr Zeit und Mühe.

Die Fußstapfen vom Abend zuvor glitzerten im Mondschein wie eine phosphoreszierende Spur, aber jetzt kamen ihnen ihre Beine viel schwerer vor, denn die Sonne hatte tagsüber den Schnee zu einer weichen Masse gemacht, die nun an den Knöcheln klebte, und durch die schweren Rucksäcke versanken sie knietief im Schnee.

Sergio konnte dieser Quälerei etwas Positives abgewinnen. Während die Luft tief in seine Kehle drang, spürte er, wie sich die düsteren Gedanken nach und nach verflüchtigten und der Körper als Mechanismus aus Knochen und Sehnen funktionierte, der auf ein Ziel hin arbeitete. Zu wissen, daß diese Menschen auf sie warteten und daß sich beim Öffnen der Tür alle Augen auf ihn richten würden, gab seinen Beinen Kraft. Außerdem war da ja noch *sie*, die sich in irgendeinem Winkel seines Kopfes eingenistet hatte.

Für Cesare dagegen war jeder Schritt eine verdammte Qual.

Er konnte nur schwer seinen Kopf freihalten, das machte ihn wütend, denn es gab so vieles, das er bedenken mußte, und zwar schön der Reihe nach! Er mußte den Gedanken an Fausto beiseite schieben und an den Schlüssel, an Antonio und die Hündin, deren Geruch noch immer an seiner Kleidung haftete. Er mußte das tun, was er einst getan hatte, wenn er einen Weg einschlug und wußte, das war sein Job: Die Route und die genaue Uhrzeit planen, die ungeschützten Stellen beachten, die Kälte, den Mond, die Wachposten und den Lärm – mit all diesen Dinge mußte man naturgemäß rechnen.

Er hörte, wie der Junge hinter ihm seine Schritte verlangsamte, damit er ihm nicht auf die Füße trat. Da fiel ihm ein, daß es Fausto genauso ergangen war. Über Sergio wußte er eigentlich gar nichts. Nur, daß seinem Vater Worte nichts anhaben konnten und daß die Mutter vor vielen Jahren abgehauen war und jetzt irgendwo in Frankreich lebte. Es gab noch mehr Gerüchte, doch dafür hatte er sich nie sonderlich interessiert, weil er wußte, sie waren größtenteils wahr.

Als sie die Hochebene erreichten, tauchte der Mond hinter einem Berggipfel auf, und die Hütte glitt aus der pechschwarzen Masse der Nacht. Sergio atmete ruhig. Im Gegensatz zu ihm war es bei Cesare ein einziges Geschnaube und Gekeuche.

»Wenn sie dich was fragen, nicht antworten. Rühr nichts von ihnen an. Und überlaß mir das Reden.«

Sergio betrachtete den starken Rücken des Franzosen. Man konnte sehen, wie von seinen Schultern die Wärme aufstieg und verdampfte. Ringsum rauschten die Bäume, die silbrigen Blätter der Eichen schimmerten wie in die Luft geschleuderte Münzen.

»Woher kommen sie?« fragte er.

»Das ist selbst denen mittlerweile egal«, sagte Cesare und tat einen großen Schritt nach vorn, um zu signalisieren, los, weiter!

Sie saßen genauso da wie am Abend zuvor, als Cesare und er wieder gegangen waren: die Knie gegen die Brust gepreßt, die Augen wie gebannt auf den schwarzen Kreis am Boden gerichtet, dort, wo das Feuer war.

Man hätte sie für blind halten können oder für Bettler, Menschen, die vom Leid gezeichnet waren. Im Licht der Taschenlampe sah man ihre ausgemergelten Gesichter, aus ihren halb geöffneten Mündern strömte sichtbar der Atem.

Sie teilten die Decken und Pullover aus, die Sergio mitgebracht hatte.

Der Franzose wies sie an, die Kinder warm einzupacken. Das Kleine wachte auch dann nicht auf, als die Mutter es anzog, das Ältere wimmerte leise vor sich hin.

Als schließlich alle wieder saßen, stellte Cesare einen kleinen Gaskocher in die Mitte des Raumes und sagte zu Sergio, er solle die Taschenlampe ausknipsen und den Topf mit Schnee füllen.

Es dauerte lange, bis das Wasser endlich kochte.

Sergio blieb in der Nähe der Tür, der Gestank nach Urin und Kot war unerträglich. Unter all den schemenhaften Gestalten suchte er die des Mädchens, doch das einzige Gesicht, das blauschimmernd aus der Dunkelheit auftauchte, war das des Franzosen, der die Suppe umrührte. Alle anderen waren ein Haufen Decken, Säcke – Versatzstücke aus der schwärzesten aller Nächte.

Sie aßen aus den vier Tellern, die der Franzose aus dem Rucksack geholt hatte. Ein paar Minuten lang war nur ein Schmatzen zu hören und ihre Zähne, die auf dem Brot und dem Käse herumkauten. Schließlich das Papier der Schokoladentafeln, das hastig aufgerissen wurde.

Als alles ruhig war, kippte Cesare Kaffee aus der Thermoskanne in einen Plastikbecher und reichte ihn dem Alten.

»Wo wollt ihr hin?« fragte er auf französisch.

Der Alte nahm einen Schluck und gab den Becher weiter.

»Toulon.«

Der Becher wanderte zurück zum Franzosen, der ihn erneut füllte. Das Kind war wohl eingeschlafen, denn aus der Ecke kam kein Ton mehr. Ihr Atem dehnte sich im gesamten Raum aus.

»Ist jemand von euch krank?«

Der Mann antwortete so leise, daß Sergio nichts verstehen konnte.

Der Franzose knipste die Taschenlampe an und richtete sie auf ihre Gesichter.

Die erste, links, war die Frau mit dem älteren Kind. Sie mochte so um die fünfzig sein, vielleicht aber auch erst vierzig. Die Augen des Jungen wirkten in dem gelben Licht riesengroß, waren aber geschlossen.

»Wie alt?«

»Sechs«, sagte der Alte.

Die Taschenlampe huschte über das Gesicht des Mannes daneben, die Augen blitzten rot auf, dann wanderte der Strahl zurück zu dem kurzen, grauen Bart des Alten, der Französisch sprach.

Der Franzose fragte ihn irgend etwas. Der andere nickte, er würde es schon schaffen. Auf dem Kopf hatte er einen Hut, wie ihn Frauen tragen, die sich männlich kleiden. Über die mageren Schultern war die Decke geworfen.

Die Frau rechts neben ihm war jung und dick. Das Kind auf ihren Knien schien nur aus Beinen zu bestehen.

»Und er?« fragte Cesare.

»Drei.«

Sergio blickte zur gegenüberliegenden Wand. Das Licht der Taschenlampe warf seltsame Schatten darauf. Vielleicht waren es ja die von den Menschen, die früher hier gelebt hatten, denn sie waren ganz mager und standen aufrecht. Sie wirkten nicht böse, aber doch so, als könnten sie es jeden Moment werden.

»Sind die Frauen gut zu Fuß?«

Der Alte hatte ihn wohl nicht verstanden, und so stellte der Franzose die Frage anders.

»Sie schaffen das«, entgegnete der Alte.

Dann war da noch das Mädchen.

Der schmale Schlitz in der Decke ließ ihr Gesicht wild aussehen. Die Augen hatten dieselbe Farbe wie ihre Haut, sie saugten das Licht in sich auf wie die Mitte eines Sees, da, wo er am tiefsten ist. Die weißen Zähne blitzten zwischen den Lippen in der Farbe von dunklem Holz hervor.

Als das Licht den letzten in der Reihe anstrahlte, stutzte Sergio kurz, irgend etwas schien ihm zu fehlen, er öffnete leicht die Lippen und wollte schon fragen, da begann der Alte wieder zu reden.

»Wann gehen?« fragte er.

Cesare knipste die Taschenlampe aus und nahm seinen Rucksack. Er packte den Gaskocher weg, dann warf er dem Alten eine Schachtel Zigaretten und Streichhölzer zu.

»Vielleicht morgen«, sagte er, und in der Dunkelheit glühten zwei helle Funken.

Cesare läutete, trat einen Schritt zurück und wartete. Die Fensterscheiben waren beschlagen, an der Zimmerdecke tanzte das schummrige Licht des Fernsehers.

Ein paar Sekunden später bewegte sich der Vorhang und eine Frau erschien am Fenster. Cesare rührte sich nicht. Sie hatte ihn längst erkannt und sah ihn länger als nötig an, dann ließ sie den Vorhang sinken und verschwand.

Cesare wandte sich der Piazza zu.

Die riesigen weißen Haufen, die der Schneepflug zu beiden Seiten des Denkmals aufgetürmt hatte, waren das einzig Lebendige im Dorf. Die Bar war zu, das Hotel geschlossen. Die Leuchtreklame der Bank und die Lichter des Zigarettenautomaten spiegelten sich auf dem nassen Asphalt.

Er zog seine Hände aus der Tasche und ging in Gedanken noch einmal seinen Plan durch.

Hinter der Mattglasscheibe sah man eine dunkle Gestalt die Treppe herunterkommen. Ein elektrischer Türöffner wurde betätigt, und die Tür sprang auf. Vor ihm stand Ettore im Unterhemd. So, wie er aussah, war der Tag für ihn längst beendet.

»Willst du hochkommen?«

Cesares Blick gab ihm zu verstehen, daß sie das lieber unter vier Augen besprechen sollten.

»Komm mit in die Werkstatt. Da haben wir unsere Ruhe.«

Im Dunkeln fand jeder einen Hocker, dann knipste Ettore die Lampe bei der Werkbank an.

Mit einem Schlag wirkte der Raum viel größer, und sie ertappten sich dabei, daß sie beide gleich dasaßen, die Hände auf den Knien liegend. Cesares Gesicht war rot vor Kälte, seine Augen wirkten grau.

»Willst du was trinken?«

»Wenn du was da hast«, sagte Cesare.

Ettore öffnete die Klappe der alten Nähmaschine mit dem Fußpedal und holte die angebrochene Flasche heraus. Er füllte nur ein Glas und reichte es Cesare.

»Die Polizei war heute hier«, sagte er.

»Die Frau?«

»Zusammen mit so einem im schwarzen Mantel. Sie hatten meine Nummer in Faustos Adreßbuch gefunden.«

»Was hast du ihnen gesagt?«

»Daß hier jeder jeden kennt, und daß sie nur ihre Zeit vergeuden.«

Cesare rieb seine Schenkel, damit sie wieder warm wurden. Bevor er bei Ettore geläutet hatte, war er durchs Dorf gelaufen und hatte darüber nachgedacht, was zu tun sei, falls er von ihm nicht die erhoffte Antwort bekäme.

»Was hast du mit den Sachen vor?« fragte Ettore.

Cesare wußte, er meinte den Schlüssel und die Tests aus Faustos Hütte.

»Ich werde sie der Polizei geben, aber vorher hab ich noch was zu erledigen.«

Die Müdigkeit in Ettores Gesicht hatte sich nun in einen angespannten Blick verwandelt.

»Fausto hätte eigentlich noch eine Lieferung erledigen müssen, hat es aber nicht mehr geschafft.«

Im Raum hing ein wüstes Schweigen. Das Echo des Fernsehers lastete schwer auf der Zimmerdecke.

»Woher weißt du das?«

»Der Junge von der Ceriera-Alm hat sie in der Nacht hochlaufen sehen. Er war bei mir und hat's mir gesagt. Ich dachte erst, er war es, der meine Hündin umgebracht hat, und um ein Haar hätte er dran glauben müssen.«

Ettores Blick war weiterhin starr auf Cesare gerichtet, der Mund halb geöffnet, dann bückte er sich, hob ein Stück Leder auf und warf es in den Eimer zu den anderen Resten.

»Jesus!« sagte er.

Draußen im Hof kratzte sich der Hund und trat dabei gegen seine Hütte.

Die Werkstatt wirkte kalt, trotz der gelben Wände.

»Was hast du jetzt vor?«

Er nahm einen Schluck.

»Ich bringe sie über die Grenze.«

Ettores Augen ließen plötzlich von ihm ab – endlich hatte er den Grund seines Besuchs begriffen. Nach all den Jahren sahen ihre Gesichter wie alte, abgewetzte Taschen aus, die fast schon durchsichtig waren.

»Wo sind sie?«

»In der Russi-Hütte.«

Im Geiste ging Ettore die Route durch, die sich Cesare kurz zuvor auf seinem Spaziergang durchs Dorf bereits ausgedacht hatte. Sie würden bis zum Colle del Lupo hoch müssen, dann runter zu den Seen, danach immer auf derselben Höhe bis zum Col Longet. Von da waren es noch gute drei Stunden Abstieg.

»Gut möglich, daß es da oben über einen Meter hat.«

Cesare wandte den Blick von seinem Freund ab, er wollte ihm nicht zeigen, daß er wohl recht hatte.

»Ich kann nicht warten, bis der Schnee schmilzt. Morgen bringe ich sie rüber.«

Ettore stand auf und ging zum Fenster. Knapp darüber schaukelten die Äste eines Pflaumenbaumes. Ein leichter Wind wehte.

»Es sind zwei kleine Kinder dabei, und die anderen werden sich nach einer Stunde nicht mehr auf den Füßen halten können. Allein ist das nicht zu schaffen.«

Ettore starrte weiterhin auf den Hof hinaus.

»Und der Junge?«

»Der hat es noch nie gemacht. Am Ende müßte ich mich um den auch noch kümmern«, sagte er, aber vor Augen hatte er das Bild von der Metallplatte über dem Grab, in dem er Fausto am Vortag zurückgelassen hatte.

Von der Treppe ertönte eine Frauenstimme.

»Ich komme!« rief Ettore ohne jeden Groll, dann wurde oben die Tür geschlossen und alles war wieder still.

Cesare nahm das Glas in die andere Hand.

»Der Schnee ist hart genug, er wird uns halten, und hinter dem Paß kann man uns sowieso nicht mehr sehen.«

Ettore verschränkte die Arme auf seinem Rücken.

»Ich bin zu alt.«

Cesare schaute auf die haarige Schnauze des Hundes, der die Pfoten auf das Fensterbrett gelegt hatte und an der Scheibe kratzte. Früher war er gut im Aufspüren von Kaninchen. Jetzt waren seine Augen ganz klein, weil er ständig angekettet war.

»Du bist genauso alt wie ich«, sagte er.

Ettore verzog sein Gesicht, in der Fensterscheibe sah es aus, als lächelte er.

»Du bist auch zu alt.«

»Robert?«

»Oui?«

»Je suis Cesare.«

Ein paar Sekunden lang war nur das Rauschen in der Leitung zu hören. Cesare begriff, daß der Mann am anderen Ende überlegte, ob er auflegen sollte oder nicht.

»Von wo rufst du an?«

»Von einer Telefonzelle.«

Robert atmete tief aus, vielleicht rauchte er ja auch gerade.

»Wenn's um Fausto geht, dann spar dir lieber deine Zeit. Ist lange her, daß ich mit ihm gearbeitet habe.«

Cesare stieß die Zigarette leicht an, die Asche fiel auf den grauen Metallboden der Telefonzelle.

»Es geht um einen Job.«

»Du hast aber nicht vor, mich zu bescheißen ...«

»Wir haben zehn Jahre lang zusammengearbeitet.«

Gegen seinen Willen mußte Robert lachen.

»Das heißt gar nichts. Zuerst hat mich meine Mutter an die Polizei verkauft, dann meine Frau. Und beide kannte ich deutlich länger als dich.«

Ein Auto fuhr über die Piazza. Bevor Cesare weiterredete, wartete er, bis es hinter dem Abhang verschwunden war.

»Ich habe eine Gruppe von acht Leuten.«

Man hörte, wie eine Flasche leicht gegen ein Glas schlug. Cesares Muskeln entspannten sich – wenn Robert trank, hieß das, er wollte sich die Sache zumindest mal anhören.

»Ich dachte, du hättest längst damit aufgehört.«

»Es sind drei Männer, drei Frauen und zwei Kinder.«

»Ich muß nur wissen, wann sie kommen und wohin sie wollen. Der Rest interessiert mich nicht.«

»Übermorgen um sechs, in Combe Brémond, hinter der Kirche. Abends müssen sie in Tolone sein.«

Robert schätzte die Zeit ab, dann schnaubte er – ein bißchen knapp!

»Was sagt Antonio dazu?«

Cesare schob den Rauch spielerisch in seinem Mund hin und her.

»Das Geld kriegst du von mir«, sagte er und blies den Rauch aus.

»Ich arbeite nicht hinter Antonios Rücken.«

»Früher warst du da nicht so zimperlich.«

»Früher haben sie die Schleuser auch nicht vor ihrer eigenen Tür ermordet.«

Sie schwiegen, jeder lauschte dem Atem des anderen. Sie wirkten wie zwei Liebende, die sich keinen Rat mehr wissen.

»Ich sag's dir morgen.«

»Nein, jetzt. Sonst ruf ich Girard an.«

Robert fluchte. Andererseits war es nun mal sein Job, und das wußte Cesare.

»Ich will sechzigtausend Francs«, sagte er ohne Umschweife.

Cesare tat so, als würde er über den Betrag nachdenken.

»In Ordnung«, meinte er schließlich.

»Es gelten die alten Regeln. Ich warte zehn Minuten, wenn ihr bis dahin nicht da seid, gehe ich. Wenn jemand verletzt ist, nehme ich ihn nicht mit. Wenn sie ohne dich oder ohne Geld auftauchen, bleiben sie, wo sie sind.«

Cesare mußte an Roberts gutmütiges Gesicht denken und daran, wie er sich immer bemühte, möglichst hart zu wirken. Er mußte jetzt so um die siebzig sein. Als junger Mann war er Testpilot für Aerospatial gewesen, nach einem Unfall hatten sie ihm eine Silberplatte in den Kopf implantiert. Bei schlechtem Wetter hatte er Probleme, das ›s‹ richtig auszusprechen.

»Gut.«

»Von wegen, gut«, brummte Robert. »Ich wollte eigentlich

zum Fischen, die Köder werden mir eintrocknen. Woher kommen die Leute?«

»Keine Ahnung. Einer spricht Französisch.«

»Umso besser. Bringst du sie allein rüber?«

Cesare zögerte kurz.

»Bist du allein?«

»Nein«, sagte er.

Robert trank, und Cesare hörte, wie ihm der Kognak die Kehle hinunterrann wie Wasser in eine Regentraufe. Das hieß soviel wie, dann wäre soweit ja alles besprochen.

»Weißt du was von einem Schlüssel?« fragte Cesare zaghaft.

»Was für ein Schlüssel?«

»Ich habe ihn in Faustos Hütte gefunden.«

»Seit Fausto angefangen hat, Stoff zu schmuggeln, hab ich ihn nicht mehr gesehen. Mit so was wollte ich nichts zu tun haben. Erst tötet es den, der das Zeug nimmt, und dann den, der es schmuggelt.«

Cesare sah zur Kirche. Über dem Turm leuchtete ein heller Stern. Der Mondschein aus dem Seitental ließ die Dinge verzerrt erscheinen.

»Also dann um sechs in Brémond«, sagte er.

Robert legte auf.

Cesare war wieder allein. Die enorme Stille auf der Piazza ließ das größer werden, was er selbst angerichtet hatte und noch anrichten würde. Aber er wollte keine Zeit verlieren.

Im Telefonbuch suchte er eine Nummer, schmiß ein paar Münzen ein und drückte die neun Tasten.

Das Telefon klingelte. Zweimal, dreimal.

»Hallo?«, sagte jemand am anderen Ende der Leitung.

Cesare wartete ein weiteres »Hallo« ab, erst als er sicher wußte, daß es Sergios Stimme war, begann er zu sprechen.

Der A 112 bog in den Hof ein und blendete die Frau, die auf der Treppe saß. Sie war allein, dunkel gekleidet, die Augen blitzten rot im Scheinwerferlicht. Cesare parkte unter dem Vordach, und als er ausstieg, stand sie da und wartete auf ihn, die Hände in den Taschen vergraben.

»Sie haben meinen Rat nicht befolgt«, sagte sie lächelnd.

Genau das hatte er sich seit dem gestrigen Abend gewünscht, dachte Cesare – und das war gar nicht gut. Gegen das Blau des Schnees sah ihr Gesicht warm aus. Aus dem gefrierenden Wald tönte ein Geräusch wie knisternde Flammen.

Cesare warf die Zigarette weg, so konnte er kurz zur Straße nach Torrette blicken. Alles war scharf umrissen, obwohl nicht einmal Halbmond war.

»Kommen Sie«, sagte er, »der Wind scheint zwar mild, aber das täuscht.«

Im Haus zog er seine Jacke aus und hing sie neben die Tür.

»Behalten Sie sie lieber an«, sagte er zu der Frau, die es ihm gerade nachmachen wollte. »Es ist nicht geheizt.«

Seine Wohnung war mittlerweile mehr als verdreckt. Alle Gegenstände schienen mit einem kalten Film überzogen, als stammten sie aus längst vergangenen Zeiten. Auf dem Wachstuch lagen ein paar Brotkrümel und eine leere Dose Bohnen.

»Ich mach uns eine Raute«, sagte Cesare.

»Was ist das?«

»Bergkamille. Sie ist bitter, wärmt aber.«

Die Kommissarin nickte. Cesare stand an der Spüle; sie trat zur Werkbank, nahm eine der Figuren in die Hand und betrachtete sie eingehend.

»Wird das eine Madonna?«

»Ist nur ein Zeitvertreib«, sagte Cesare, während er einen Topf mit Wasser aufsetzte.

Er stellte sich vor, wie ihre zarten Hände das noch unbehandelte Holz berührten. Ein leichter Schauer durchfuhr ihn, er hätte ihn gerne festgehalten, aber er war schon wieder weg.

Sie stellte die Figur ab, schlenderte durchs Zimmer und begutachtete die kahlen Wände, als hätte dort irgend etwas Winziges gehangen, das sehr viel Aufmerksamkeit erforderte, damit man es überhaupt wahrnahm. Vor dem Küchenschrank blieb sie stehen.

»Darf ich?«

Cesare drehte sich in ihre Richtung und nickte. Die Kommissarin faßte mit beiden Händen den matten Silberrahmen und hielt ihn gegen das Licht.

»Sie ist sehr hübsch.«

Auf dem Foto saß Adele auf der Steintreppe vor dem Haus. Eine schwarze Haarsträhne schaute unter dem Kopftuch hervor, was ihr Lächeln unsicher aussehen ließ. In der Hand hielt sie etwas, das ein Kamm oder ein Fächer oder eine blaue Blume sein konnte. Unten in der Ecke huschte die Katze, die sie damals hatten, durchs Bild.

Cesare warf einen kleinen Bund Raute ins kochende Wasser.

»Wollen Sie Honig?«

»Trinken Sie ihn denn mit Honig?«

»Nein.«

»Dann ohne.«

Die Kommissarin stellte das Foto wieder an seinen Platz und sah nun auf das Foto, das sie zwei Tage zuvor Cesare gegeben hatte. Es steckte in einem schlichten Rahmen aus Kirschholz. Fausto trug ein kurzärmeliges Hemd, ein Arm lag auf Cesares Schultern, und sein Lächeln war bereits jenes, das noch viele Frauen in Verlegenheit bringen würde.

»Er mochte Sie wohl sehr«, sagte die Kommissarin.

Cesare trat zum Küchenschrank.

Als er an ihr vorbeiging, fiel ihm auf, daß sie nach Seife und Laub roch, und er wußte, auch sie nahm seinen Geruch wahr. Einen Moment lang beschnupperten sie sich wie zwei Tiere, die ihren Augen nicht vertrauen, dann ging Cesare zurück zum Herd und schenkte Tee ein. Er stellte ihre Tasse auf den Tisch und setzte sich ans andere Ende.

»Was wird aus Boerio?«

Sie setzte sich und umfaßte die Tasse mit beiden Händen.

»Er wird wegziehen müssen, mehr nicht. Er ist nicht die Karte, die das Kartenhaus zum Einsturz bringt.«

Ihre Augen hatten seine Frage bereits beantwortet. Er löste sich von ihrem Blick und ging den Ofen anheizen. Er knüllte Papier zu einer Kugel, stapelte Äste darauf und wartete, bis sie glühten, dann stellte er ein großes Stück Holz senkrecht, damit sich die Flammen die Maserung entlangfraßen.

»Man könnte meinen, in diesem Tal sei Reden eine Schande«, sagte die Kommissarin mit einem leichten Lächeln auf den Lippen. Ein dünner Rauchfaden drang durch die rissige Klappe.

Cesare setzte sich wieder, nahm einen Schluck und betrachtete seine Finger, die für den Henkel der Tasse viel zu dick waren.

»Hier muß jeder für irgend etwas büßen.«

»Sie auch?«

»Alle.«

Der Ofen verströmte den Duft nach Gußeisen, der das Zimmer kleiner machte. Sie drehte ihren Kopf und betrachtete noch einmal die Fotos. Ihr Profil war fein säuberlich in weiches Holz geschnitzt.

»Glauben Sie wirklich, Sie hätten es verhindern können?«

»Ich hatte immer geglaubt, der Job würde so bleiben, wie er war, aber ich habe mich geirrt«, sagt er. »Ich habe das lange nicht begriffen, und Fausto mußte dafür bezahlen.«

Schweigend tranken sie den Tee aus und gingen dann, ohne daß es irgendwelcher Worte bedurft hätte, ins andere Zimmer. Sie zog sich zuerst aus, kroch unter die Decke, nur ihre kleinen, von der Kälte hart gewordenen Brüste schauten heraus.

Cesare schob die Erinnerung an Adele beiseite, er wollte den Augenblick genießen.

Er zog sich aus, und sein starker Körper warf einen kompakten Schatten an die Wand. Für seine Narben schämte er sich nicht, auch nicht für deren Ursache – Sonias Blick ließ solch ein Gefühl gar nicht erst aufkommen.

Sie lagen nah beieinander. Sie berührten sich nicht, sie erforschten sich.

»Was hast du da gemacht?« fragte sie und strich dabei über sein verstümmeltes Ohr. Cesare erzählte ihr die Geschichte, wie die Polizei zufällig seine Route gekreuzt hatte. Er erzählte ihr von den beiden Tunesiern, von dem einen, dessen Kopf mit dem ersten Schuß sofort zerfetzt worden war, während der andere ganz langsam zusammengesackt war. Er erzählte ihr, wie er gehört hatte, daß das Gewehr erneut geladen wurde, und wie er gewartet hatte, ohne jedes Selbstmitleid. Und davon, wie die Gendarmen mit dem Gewehrkolben auf sein Ohr eingeschlagen hatten, dann mit einem Messer ein Stück abgeschnitten und mitgenommen hatten, das Stück, das sie jetzt nicht sehen konnte. Wie er sich erst zwei Tage später zurück ins Dorf geschleppt hatte, auf Knien kriechend und voller Urin.

Dann versuchten sie, Liebe zu machen.

Er kam sehr zögernd, so unentschlossen wie das Wetter zwischen zwei Jahreszeiten. Das bißchen Wissen, das er noch über Frauen hatte, wandte er jetzt an, sie verlangsamte ihre Bewegungen, um ihm Zeit zu geben, Zeit zum Erkunden, aber dennoch fühlten sie sich allein.

Ein paar Minuten noch lagen sie ineinander verschlungen da, dann drehte sich Cesare auf den Rücken, das Laken auf seiner Seite war eiskalt. Das Schweigen war nun ein leises Zischen, das Zimmer eine Zelle.

»Wir machen das wiedermal…«, sagte Sonia. Es klang wie ein zärtliches Streicheln.

»Es ist kalt«, sagte er und erhob sich. »Ich lege etwas Holz nach.«

Als er in der Küche war, öffnete er die Ofenklappe, auf den Rest Asche ließ er ein Holzscheit sinken, das sowieso nicht mehr brennen würde. Dann füllte er sich ein Glas mit Leitungswasser und trat ans Fenster.

Der Wind schob kleine Wölkchen vor dem Mond hin und her, die auf dem Schnee zu verschwommenen Flecken wurden – vielleicht hätte die bevorstehende Nacht ihnen etwas ähnlich Vages beschert. Oder der Wind hätte alles weggeblasen und ihnen keinen Schutz mehr geboten.

Er trank einen Schluck und spürte den kalten Schweiß zwischen den Pobacken und die sinnlose Erschöpfung seiner Beine. Auf dem Balkon standen noch ein paar verrostete Blumenkästen, in die einst Geranien gepflanzt waren. In der Ecke ein Stock, auf dem die Zähne der Hündin ihre Spuren hinterlassen hatten.

Als er das Glas abstellte, klingelte das Telefon.

Siebenmal.

Cesare lauschte, ohne sich zu rühren.

Als das Läuten aufhörte und eine unendliche Stille herrschte, dachte er an das, was Sonia gesagt hatte.

Er lächelte.

Es wird kein Wiedermal geben, denn beim Wiedermal wird er längst tot sein.

Am Morgen war der Himmel voller langgezogener Wolken.

Als Sergio aufwachte, blieb er noch im Bett liegen und betrachtete die Blätter, die durch die Luft wirbelten. Über Nacht hatte sich der Wind gedreht, er kam jetzt vom Gebirge und bog die Kronen der Bäume in Richtung Tal. Die Luft war elektrisiert, wie wenn Wind gegen Felsen prallt.

Als die Sonne über den Grat schaute, zog sich Sergio an und ging nach unten in die Küche.

Während auf dem Herd die Milch köchelte, packte er noch die letzten Sachen in den Rucksack. Dann aß er ein paar Butterbrote, ohne jede Hast, denn einem Sprichwort zufolge waren langsames Essen und Weggehen miteinander verheiratet, und so war das ein perfektes Bündnis.

Als er die Tür öffnete, empfing ihn eine warme Brise verschiedenster Düfte. Die Alten nannten ihn Marin, den Wind von der Küste, der die französischen Täler hochstieg und den salzigen Geruch des Meeres mit sich brachte. Wenn er kam, summten die Elektroleitungen und die Blumen vertrockneten.

Sergio nahm den Rucksack und ging hinaus. Noch vor Tagesanbruch hatte er gehört, wie der Vater den Toma-Käse ins Auto geladen hatte und losgefahren war. Um diese Uhrzeit war er längst bei der Bar mit der großen Waage und wog zusammen mit anderen Hirten die Ware.

Als Sghiso den Jungen bemerkte, kam er aus seiner Hundehütte. Sergio legte eine Hand auf seinen Hals und machte ihn von der Kette los; zusammen gingen sie in den Stall. Als die Kühe den Hund rochen, rollten sie mit den Augen. Rita erhob sich mittlerweile nur noch zum Melken, ansonsten standen alle. Sergio rief sie beim Namen und streichelte sie der Reihe nach.

Er ging wieder in den Hof, stieg auf seine Enduro und machte sich auf den Weg.

Als er die Talsohle erreicht hatte, hielt er an und drehte sich noch einmal nach seinem Dorf um, in dem er geboren war. Sghiso war längst auf die Wiese gesprungen; irgendeiner Spur folgend, rannte er den Hang hinauf. Das Haus war jetzt schon viel zu klein, um in Sergio ernsthaft etwas zu bewegen – und in der Tat rührte es ihn nicht.

Cesare hatte zwei alte Rucksäcke gefunden und schlitzte sie jeweils unten auf.

Er stopfte die Stiefel hinein, wechselte die Schlaufen an den Skistöcken, und als er dachte, er hätte alles, setzte er sich in die dunkle Küche und versuchte sich an die einzelnen Etappen zu erinnern. Da fielen ihm die Handschuhe ein. Er nahm sechs Paar aus der Schublade und legte sie zu den anderen Sachen in den Kofferraum, dann ging er wieder ins Haus.

Er kniete sich vor die Gasflasche, schraubte den Flaschenboden ab, holte das Geld und den Schlüssel heraus. Die Unterlagen, die er bei Fausto gefunden hatte, ließ er zurück. Er stopfte alles in einen kleinen Beutel, band ihn um seine Hüfte und testete, ob er ihn störte, wenn er die Arme bewegte.

Als schließlich alles verstaut war, nahm er ein Blatt Papier und setzte sich. Er schrieb zwei Namen auf, zwei Adressen, einen ausländischen Nachnamen, eine fünfstellige Telefonnummer und den Namen irgendeiner Bank in irgendeiner Stadt.

Ganz unten notierte er Sonias Namen, dahinter die Nummer, die sie in jener Nacht, kurz bevor sie weggehuscht war, auf dem Küchentisch hinterlassen hatte.

»Magst du das, wenn sie dich ›Franzose‹ nennen?« hatte sie ihn beim Hinausgehen noch gefragt.

Im Bett liegend hatte er über ihre Frage gelächelt, eigentlich hätte sie sie gleich am Anfang stellen müssen.

»Spitznamen sind bei uns gang und gäbe«, hatte er geantwortet, »sonst würden wir alle gleich heißen.«

Er faltete das Blatt zusammen, wickelte es in ein kleines Tütchen und steckte es in seine Jackentasche.

Hunger hatte er nicht, trotzdem machte er sich ein paar Eier mit Bohnen. Das gehörte schließlich zu dem Job dazu: essen, wenn der Magen streikt, und schlafen, bevor es dunkel wird.

Kurz vor zwei erreichte Sergio Osvaldos Hof.

Aus dem Schornstein kam kein Rauch, aber das hatte nichts zu sagen, denn alle wußten, daß der Vater seine Kinder frieren ließ, um Holz zu sparen. Das Haus lag in einem windgeschützten Winkel des Tals. Auf dem Balkon hing ein Baumwollhemd.

»He!« brüllte Sergio und stellte den Motor ab.

Im Wald hinter dem Haus war das Echo zu hören. Die Balkontür ging auf und Osvaldo schaute mit seiner typisch abwesenden Miene heraus.

»Komm runter!« rief Sergio.

Osvaldo antwortete nicht – kein Ja, kein Nein –, sondern verschwand.

Sergio fischte eine Zigarette aus der Tasche und zündete sie an. Von oben besehen wirkte die Straße nach Alboin richtig abschreckend, so uneben wie sie war. Am Straßenrand schmolz der Schnee auf den Mauern, der nasse Asphalt glitzerte dunkel.

Als Sergio wieder seinen Blick hob, stand Osvaldo vor ihm. Geräuschlos wie eine Katze war er die Treppe heruntergekommen. Er trug eine Drillichhose und einen Pullover mit Rautenmuster, den Sergio schon an ihm kannte.

»Und die anderen?« fragte Sergio.

Osvaldo rieb sich das Kinn. Er hatte schmale, rissige Hände – Frauenhände, denen die viele Arbeit anzusehen war.

»Die haben gestern in Saluzzo als Elektriker angefangen«, er sprach bewußt abgehackt.

Sergio ließ das Motorrad zwischen seinen Schenkeln leicht hin- und herschaukeln.

»Ich laß dir die Enduro hier. Kannst du sie irgendwo unterstellen?«

Osvaldo sah sich um. Im Tank schwappte noch ein Rest Benzin.

»Unterm Vordach.«

»Sie soll geschützt stehen.«

»Dann im Schuppen«, sagte Osvaldo.

Drinnen meinte Sergio, es könnte gehen, weil es nicht allzu staubig war, denn Öl bindet Staub, dadurch wird die Kupplung schwergängig.

»Ich will nicht, daß ihr was passiert«, sagte er und stellte das Motorrad in die Ecke, möglichst weit weg von den Kartoffeln.

Osvaldo kniff die Augen zusammen, er versuchte zu verstehen, was das Ganze eigentlich sollte. Im Wald war ein Specht emsig bei der Arbeit, aber in der Stille ringsum hörte es sich so an, als picke er direkt neben ihnen gegen eine Tür.

»Willst du mit reinkommen?« fragte er, denn im Haus wartete man schon auf ihn.

Nein. Sergio schüttelte den Kopf.

Sie gaben sich die Hand, und jeder ging dorthin, wo man ihn brauchte.

Um sechs Uhr klingelte der Wecker.

Cesare öffnete die Augen, machte aber keine Anstalten, aufzustehen. Bis zum Sonnenuntergang war es noch eine gute Stunde, und noch immer schien das Licht grell durchs Fenster. Kleine Staubkörnchen tanzten in der letzten Abendsonne. Fast rhythmisch raschelte der Nußbaum im Hof vor sich hin.

Als die Kirchturmuhr in Villar Halb schlug, stand er auf.

Auf dem Tisch lagen bereits die Feldflasche mit dem Kognak, eine Taschenlampe, ein zwanzig Meter langes, dünnes Seil und eine Schachtel Streichhölzer. Er packte alles in den Rucksack, warf einen letzten Blick ins Zimmer und trat hinaus.

Die Sonne hatte sich hinter der Bergkette verkrochen, der klare Himmel war jetzt kobaltblau. Der Wind hingegen war noch da; er erhob sich in leichten Böen, legte sich sogleich wieder und bog dabei ein paar Sträucher.

Cesare stieg in den Wagen, und als er den Motor anließ, kam ihm das alles genauso vor wie früher: Adele war im Haus und wartete bis zum Abend auf ihn, die Hündin schaute ihm durchs Fenster hinterher, und gleich würde Fausto kommen und ihn abholen.

Doch als er den Blick hob, sah er im Rückspiegel sein tatsächliches Alter und ihm wurde bewußt, daß es niemanden mehr gab, der zu Hause auf ihn wartete.

Sie trafen sich kurz vor Rabioux an einer Ausweichstelle. Cesare fuhr rechts ran, bei laufendem Motor wartete er, bis Sergio aus dem Wald kam.

Fast die ganze Strecke über schwiegen sie, rauchten ohne rechte Lust, nur, damit ihre Hände und Lippen beschäftigt waren.

Als sie am Seeufer entlangfuhren, musterte Sergio den Franzosen. Müde sah er aus, aber irgendwie war das Gesicht auch ruhiger als die Tage zuvor. Die Unsicherheit auf den Lippen war verschwunden, sein Blick war jetzt konzentriert und gebieterisch.

Cesare bemerkte es, sagte jedoch nichts. Er dachte, der Junge akzeptiere sein Schweigen, umso besser. Als sie den Sessellift erreichten, fuhr er langsamer.

»Wird da eine Narbe bleiben?« fragte Sergio und berührte die Wunde auf seiner Wange.

Cesare überlegte kurz, was er wohl am liebsten hören würde.

»Vielleicht«, antwortete er, dann bog er in eine kleine Schotterstraße, die nicht geräumt war.

Als sich der Mond zeigte, waren es noch zwei Stunden Fußmarsch bis zum Paß.

Cesare voran, mit dem älteren Kind im Rucksack. Hinter ihm die Frauen, dann die Männer und das junge Mädchen. Am Schluß Sergio. Anfangs hatte das jüngere Kind auf seinem Rükken geweint, doch jetzt hatte es sich beruhigt, sein Kopf schaukelte, im Rhythmus der Schritte stieß es ein leichtes Schnauben aus.

Als das Mondlicht ihre Schatten in die Länge zog, verließ Cesare den Pfad und marschierte auf einen großen Felsen zu, der sich auf der linken Seite des Tals auftürmte. Dort angekommen, gab er den anderen zu verstehen, sie könnten sich jetzt ausruhen.

Die Flüchtlinge sanken erschöpft zu Boden, sie suchten sich nicht einmal einen Stein oder einen anderen geeigneten Platz zum Sitzen. Ein Stoffbündel war aufgegangen, und etwas rollte den Hang hinunter, doch keiner machte Anstalten, es zu holen. Danach war es wieder still, nur das Keuchen strömte aus ihren Mündern und erfüllte die Luft.

Sergio legte einer der Frauen den kleinen Jungen in den Schoß, dann blickte er ins Tal.

Zäh wie Schneckenschleim schleppte sich der Weg den Bergrücken nach oben. Ringsum war der Schnee blank wie poliertes Glas, auf dem der Schatten vereinzelter Wolken vorbeihuschte. Nur Felsen und Weiß, soweit das Auge reichte.

Cesare sah, wie fasziniert Sergio war, und er begriff, daß das ganze Unglück, sein eigenes, das von Fausto und überhaupt das ihres Berufes, von eben dieser ergreifenden Schönheit kam. Er hatte Angst.

»Komm her«, sagte er trocken.

Sergio stieg über die Leute und setzte sich neben ihn.

Drohend, geradezu unnatürlich, ragte der Felsen dunkel und schräg in die Höhe. Ein paar trockene Büsche, die es geschafft hatten, Wurzeln zu schlagen, bewegten sich im warmen Wind, sie zeigten dem Mond ihr Profil.

Cesare knipste die Taschenlampe an und richtete ihren Strahl auf eine Felsspalte.

»Paß auf«, sagte er und glitt durch die Öffnung.

Sergio tat es ihm nach und fand sich in einem niedrigen Gewölbe mit schiefen Wänden wieder. In die Decke waren lauter Zeichen, Namen und Nummern geritzt. Cesare stand hinten an einer Wasserquelle und füllte die Feldflasche.

»Siehst du das da?« Mit der Taschenlampe wies er auf den Schriftzug *BENSA*.

Sergio nickte. Aus der Feldflasche ertönte ein Gurgeln und Wasser quoll heraus. Cesare schraubte den Deckel zu und verstaute sie im Rucksack. Jetzt hielt er eine Plastikflasche unter den Strahl.

»Er war ein Bandit. Mein Ururgroßvater gehörte auch zu seiner Bande.«

Irgendwie roch es nach erlöschendem Feuer, zumindest kam es Sergio so vor.

Die Luft war kristallklar, und ihr aufsteigender Atem formte Figuren, die sich bewegten. Die Welt um sie herum schien bedeutungslos und weit, weit weg.

»Der Marchese hatte deutsche Söldner herbeibefohlen, um Bensa aufzuspüren, aber der überfiel auch weiterhin Salzkarawanen. Anscheinend konnte er sich in Luft auflösen.«

Der Marin erfüllte kurz den Raum mit seinem Duft nach verblühten Pflanzen. Schimmlige Fäden baumelten von der Decke.

»Und was ist aus ihm geworden?« wollte Sergio wissen.

Cesare schraubte die Flasche zu.

»Sie haben ihn erhängt«, sagte er und wandte sich zum Ausgang. »Eine Frau aus Chianale hat ihn für einen Sack Mehl und ein Kleid verraten.«

Zwei Stunden später waren sie oben auf dem Paß angelangt.

Als sich ihr Atem beruhigt hatte, achtete Cesare darauf, daß alle etwas tranken, aber setzen durften sie sich nicht, er wußte, eine Pause hätte ihnen das bißchen Kraft, das sie noch hatten, geraubt.

In Richtung Süden führte der Pfad am Grat entlang, er bot ihnen somit keinen Sichtschutz. Seitlich fiel der Hang steil zum Tal hin ab. Die Baumwipfel ringsum wuchsen alle in eine Richtung, denn schon immer waren sie dem Westwind ausgesetzt.

»Wo genau fängt Frankreich an?« fragte Sergio.

Der Franzose ließ seinen Blick über das Panorama gleiten.

»Gleich hinter dem Grat. Dann sind's noch drei Stunden Abstieg.«

Sie brachen wieder auf, und schon bald konnten sich die zwei Frauen vor lauter Müdigkeit nicht mehr auf den Beinen halten. Cesare lief jetzt nicht mehr vorn, sondern zwischen ihnen.

Als sie erschöpft zu Boden sanken, lauschte er einfach nur ihrem Weinen und wartete, bis sie wieder aufstanden und weiterliefen. Die Männer waren nur knapp vor ihnen, doch sie drehten sich nicht um, denn sie wußten, ihre Kraft reichte gerademal für sie selbst.

Ungefähr bei der Hälfte des Grats hörte Sergio knapp über sich ein Zischen, als würde ein Vogel mit angelegten Flügeln die Luft durchschneiden. Die Leute vor ihm blieben ruckartig stehen, er somit auch, ohne recht zu begreifen; dann jagte das Echo des Knalls durchs Tal, und alle warfen sich auf den Boden. Der zweite Schuß ertönte ein paar Meter weiter unten und klang wie ein Stein, der vom Wasser verschluckt wird.

»Die schießen auf mich«, brüllte Cesare.

Sergio begriff zwar, daß dies eine Anweisung sein sollte, aber er war zu erschrocken und zu feige, um sie auszuführen, und so blieb er stehen und wartete.

Ein dritter Schuß erschütterte die Luft.

Cesare spürte die Kugel knapp an seinem Gesicht vorbeizischen, er wußte, daß der Schuß jetzt aus einer anderen Richtung kam und der nächste sein Ziel nicht verfehlen würde. Mit einem Satz sprang er auf, hechtete auf die französische Seite des Bergkamms und legte sich seitlich, damit das Kind auf seinem Rücken geschützt war. Sergio sah noch, wie sich ein paar der Flüchtlinge hinter ihm auf den Boden warfen, dann stürmte er blitzschnell in die entgegengesetzte Richtung.

Sobald seine Füße den Schnee berührten, rutschten sie auch schon unter ihm weg, und er fiel auf den Rücken. Der Junge im Rucksack stieß einen leichten Schrei aus, dann schlitterten sie ohne jede Kontrolle eine schmale Rinne nach unten. Mit seinen Armen versuchte er zu bremsen, wurde jedoch immer schneller, und schon bald war sein Körper nur noch eine einzige Masse aus ineinander verknoteten Muskeln und Knochen und Nerven.

Ein ziemlich idiotisches Glücksgefühl überkam ihn, er hoffte, dieser Sturz würde ewig dauern, ohne Schmerzen, ohne je den Boden zu berühren, und während dieser endlosen Rutschpartie spukte ihm vieles durch den Kopf, Dinge, die nur ihn etwas angingen und sonst niemanden.

Dann endete der Hang abrupt in einer Mulde.

Lange blieb er im Schnee liegen, mit dem Gesicht nach unten. Ein schriller Schrei bohrte sich in seine Ohren, doch ringsum war nur Stille. Stechende Schmerzen durchfuhren seinen Körper, bis hoch in den Kopf.

Das erste, was er sah, als er seine Augen öffnete, war eine Zwergtanne, die ihren kümmerlichen Stamm dem Himmel entgegenstreckte. Knapp daneben die dunklen Umrisse des kleinen Jungen im Schnee.

Er schloß die Augen, und als er sie wieder öffnete, kniete das junge Mädchen neben dem Kleinen. Ihre Tränen schienen aus Metall zu sein, doch der Mund war zart, auch, als sie im Mondlicht weinte.

Von der Mulde aus, in der sie sich versteckt hatten, konnte Cesare die Felsen sehen, aus deren Richtung die Schüsse gekommen waren.

Die Person, die abgedrückt hatte, kannte sich aus in der Gegend und hatte den Ort sorgfältig ausgewählt. Von hier aus konnte man den gesamten Grat unter Beschuß nehmen, gleichzeitig bestand eine direkte Verbindung zum anderen Tal. Mit Sicherheit wartete er mit dem Finger am Abzug darauf, daß sie ihren Marsch fortsetzten. Und wenn seine Geduld nicht ausreichte, würde er nach unten kommen und ihnen auflauern.

Cesare preßte die Finger an den Mund und versuchte, sie durch die Handschuhe hindurch zu wärmen. Nur ein paar Schritte hinter ihm waren fünf Illegale, die sich, anstatt Sergio zu folgen, hinter ihm auf die Erde geworfen hatten. Darunter auch das größere der beiden Kinder, das Cesare aus dem Rucksack gepurzelt war.

Er prüfte das Gelände vor dem Graben. Es gab keine Bäume oder sonst etwas, das Schutz geboten hätte, aber zwanzig Meter weiter rechts machte der Bergrücken einen Knick. Von da führte eine nicht sehr tiefe Schlucht bis zu dem Felsen, hinter dem sich der Angreifer versteckte.

Cesare hob den Kopf und beobachtete den Himmel. Wolken bedeckten den Mond, doch nur kurz, denn sogleich befreite sich dieser aus ihrem Griff und leuchtete wieder hell ins Tal.

Einige Minuten verstrichen. Die drei Männer hinter ihm sagten keinen Ton. Aus der Art, wie sie sich bewegten, hatte Cesare geschlossen, daß sie früher einmal Soldaten gewesen waren oder aus einem Land stammten, in dem sowieso jeder Soldat war. Eine Frau hatte wieder angefangen zu weinen, ganz leise.

Der Junge lutschte an einem Schneeball, den sie ihm gegeben hatten, damit er nicht zu brüllen anfing.

Auf der Seite mit den Seen zeigte sich eine große Wolke mit zerfetzten Rändern. Als sie näherkam, musterte Cesare sie kurz und dachte, das könnte die richtige sein!

Als sich die Wolke vor den Mond schob und für finstere Nacht sorgte, sprang Cesare aus seinem Versteck und rannte geräuschvoll zum Graben. Dort angekommen, drehte er sofort wieder um, diesmal aber lautlos.

Als der Mond wieder leuchtete, war er längst wieder im Versteck, zusammen mit den Flüchtlingen.

Er zog den Kognak aus der Tasche, nahm einen tiefen Schluck, den Blick starr auf die Felsen gerichtet, bis sich dort tatsächlich etwas bewegte. Der Mann hatte seine Spuren gesehen, und weil er ihn im Graben vermutete, war er auf die linke Seite gesprungen, um ihn am Ausgang zu erschießen.

Cesare überlegte noch einmal, ob er auch das Richtige tat, dann verließ er sein Versteck. Diesmal rannte er nicht – wenn seine Rechnung nicht aufging, würde ihm das auch nichts bringen. Wenige Sekunden später war er hinter dem nächsten Felsen.

Er nahm seine neue Position ein, müde rieb er sich das Gesicht.

All seine Sinne waren geschärft, aber das Herz schlug normal, wie bei Tieren, die von Natur aus weder Gejagte noch Jäger sind. Der Marin brachte vom Grat her Schnee mit sich und spuckte ihm ins Gesicht.

Vorsichtig zog Cesare seine Stiefel aus. Er kletterte den Felsen hoch, die danebenliegenden gaben ihm Sichtschutz, dann, auf halber Höhe, hielt er sich links, denn von dort waren die Geräusche gekommen.

Hinter einem der letzten Felsen erblickte er den langen Schatten des Gewehres.

Der Mann stand mit dem Rücken zu ihm, die Waffe im Anschlag, ein Jäger, der dem Kaninchen vor dem Wald auflauert, das die Hunde gerade aufspüren. Er trug eine dicke Jacke und einen Schal. Eine Wollmütze bedeckte seinen Kopf und Nacken.

Cesare zückte das Messer, durch das Rauschen des Windes war das Klicken nur als leichte Vibration in seiner Hand wahrnehmbar, weich empfing der Schnee seine Schritte, und ohne das geringste Geräusch zu erzeugen stand er bald hinter ihm.

Als die Messerklinge in die Seite des Mannes eindrang, stöhnte dieser auf, zuckte jedoch nicht einmal. Cesare zog sie wieder heraus und stach noch einmal zu. Aus dem Gewehr löste sich ein Schuß, dann ließ der Mann die Waffe sinken und lauschte der Messerklinge, die seinen Körper durchbohrte.

Beim dritten Stich fiel er rücklings in den Schnee.

Einen Moment lang rührte er sich nicht, dann kroch er zu einem Felsen. Dort stützte er sich auf einen Arm, richtete sich auf und versuchte zu sitzen.

Cesare erkannte Ettore wieder. Der Freund keuchte leise. Das Gesicht schon versteinert. An seinem Unterleib Blut.

Er lief ein Stück, bis er auf die Knie fiel. Den Blick verschleiert, von den blauen Lippen hing kalter Speichel.

Sie verharrten reglos, bis Ettore ihm zu verstehen gab, er solle näherkommen.

Er flüsterte Cesare nur ein paar Worte ins Ohr, sie kamen ohne jedes Zögern, als hätte er sie sich schon seit langem zurechtgelegt, in dem Wissen, er würde dann nicht viel Zeit haben, sie zu formulieren. Als er fertig war, färbte ein Hustenanfall seinen Mund ganz rot.

Cesare nickte, zündete zwei Gitanes an und klemmte eine zwischen die Lippen des Freundes. Sie nahmen ein paar Züge, eng nebeneinandersitzend, so wie sie es immer getan hatten, aber diesmal rauchte Ettore nicht zu Ende.

Zwischen den Mauern einer verfallenen Kasematte fanden sie Unterschlupf.

Von dem alten Bau stand nur noch der rechte Flügel, der an die Felswand grenzte. Die restlichen Teile lagen am Hang in einzelnen riesigen Blöcken herum, die eine Explosion verstreut hatte. Aus dem Schnee ragten verrostete Eisenstangen und Stacheldraht, die den Feind nie zu Gesicht bekommen hatten.

Sergio stand in der Tür und stierte auf die Berge; er wartete auf irgendein Zeichen, damit er wüßte, was zu tun sei.

Das junge Mädchen und das Kind waren in einem der Zimmer, dem kleinsten und saubersten.

Bevor sie den Unterschlupf entdeckt hatten, waren sie mehr als zwei Stunden herumgeirrt und hatten nicht gewußt, ob sie sich verstecken oder nach den anderen suchen sollten. Im schwachen Licht des Feuerzeugs hatten sie eine kleine Ecke auf dem Fußboden vom Schutt befreit, und das Mädchen hatte den Kleinen in eine Decke gewickelt und dorthin gebettet. Jedes Mal, wenn sie ihn berührte, stieß er einen leichten Seufzer aus und schlief gleich wieder ein. Schließlich hatte auch sie sich, ihren Mantel eng um sich gewickelt, hingelegt, und Sergio hatte gehört, wie sich ihr Atem im Traum verlor. Da war er nach draußen gegangen und hatte seine Gedanken geordnet.

Noch immer blies ein warmer Wind, die Wolken hatten sich inzwischen verzogen und die Mondsichel leuchtete frei.

Sergio tastete nach einer Zigarette in der Tasche und zündete sie sich an. Der feuchte Tabak drang zunächst mit einem drückenden Gestank in seine Kehle, bis die Zigarette richtig zog.

Nach dem ungeheuren Lärm der Schüsse hatte das Gebirge nun seine Stille wiedergefunden, und vom Wald in der Ferne ertönte der Ruf einer Eule.

Dieser Schrei machte ihm klar, wie einsam er war.

Nicht wie sonst, wenn er sich in sein Zimmer einsperrte oder bei dem alten Fort saß. Vielmehr eine Einsamkeit, die man weder mit jemandem teilen noch jemandem mitteilen konnte, denn sie mußte unberührt bleiben, und der Preis dafür war das Schweigen.

Er drehte dem Tal den Rücken zu und trat wieder in die Dunkelheit.

Aus dem hinteren Zimmer kam der keuchende Atem der beiden, Sergio folgte ihm wie einem Licht. Den Rücken gegen die Wand gelehnt, setzte er sich auf den Boden, nahm einen letzten Zug an der Zigarette und dachte, daß der Franzose tot und die anderen weiß Gott wo sein mochten.

Durch die schmalen Schlitze pfiff der Wind.

Das Mädchen bewegte sich im Schlaf.

Sergio nahm den intensiven Geruch ihrer Haut wahr. Aus ihrem Mund strömte eine Wärme, die nach Essen roch. Ihre Kleidung dagegen stank nach nassem Hund, wie seine eigene und die des Jungen auch.

Er legte sich ebenfalls hin, den Kopf auf dem Arm, und schloß die Augen.

Es schien ihm, als sei er schon im Tiefschlaf oder als schlafe er gar nicht – so realistisch waren die Bilder im Traum. Er sah ein Kind, das im Hof zu Hause spielte, doch es war nicht er. Der Junge jagte Sghiso und lachte, Mund und Augen waren geschlossen, als schliefe er. Er selbst beobachtete ihn von oben und rief nach ihm, wohl wissend, daß der andere ihn nicht sehen konnte. Schließlich war der kleine Junge stehengeblieben und hatte in seine Richtung hochgeblickt.

»Ich bin tot«, hatte er mit der Stimme eines alten Mannes gesagt, sein Hemd gehoben und ihm die lange, rote Narbe auf seiner Brust gezeigt.

Ein kurzes Rascheln von Kleidern riß ihn aus dem Schlaf. Sergio hob die Hand, quasi zur Verteidigung, und hatte die Brüste des Mädchens vor sich. Sie waren klein und mit Schweiß bedeckt. Sein flacher, nervöser Bauch zuckte unter der Berührung mit ihrem zusammen, sie hatte begonnen, sich langsam zu bewegen.

Von ihrer beider Haut ging ein säuerlicher Geruch aus, wie bei Katzen, wenn sie ihr Revier markieren. Ihre Finger krallten sich in seine Brust, gleich darauf streichelten sie zärtlich seine Wunden. Die Augen starrten dorthin, wo ihre Körper mit einem Glitschen, wie in Wasser, ineinanderdrangen.

Sergio umfaßte ihre breiten Hüften, und während er sie zu sich heranzog, spürte er, wie etwas aus seinem Bauch strömte, ganz weit weg. Plötzlich hatte er keine Kraft mehr in den Beinen, und der Knoten, der ihm die Kehle zugeschnürt hatte, löste sich und ein fürchterlicher Laut ertönte.

Übrig blieb nur noch ihr Keuchen, leise, immer leiser, bis es schwieg.

Das Mädchen wischte sich mit einem Stück Decke ihre Schenkel ab, und ohne etwas zu sagen, legte sie sich mit dem Gesicht zur Wand wieder hin.

Am nächsten Morgen, als Cesare den Raum betrat, schliefen sie.

Das Mädchen neben dem Kind. Sergio allein, auf einer alten Tür, die auf dem Boden lag.

Seit ein paar Minuten schon beobachtete Cesare im Schutz des Kiefernwaldes den Transporter, der ein Stück weiter unten an einer Lichtung parkte.

Es war ein alter hellblauer Bedford, ohne Nummernschild, die Heckscheibe mit vergilbten Zeitungen abgedeckt. Seitlich waren drei weiße Buchstaben aufgemalt und die Umrisse eines Fisches, der aus dem Wasser schnellt.

Cesare ließ sich Zeit, bevor er aus seinem Versteck trat.

Knapp hundert Meter unter ihm ragten die verfallenen Häuser von Combe Brémond in die Höhe. Einst hatten darin Kaufleute und Weber gewohnt, doch seit vielen Jahren deuteten die offenstehenden Türen darauf hin, daß der Ort verlassen war. Der Glockenturm am Dorfeingang schien im diffusen Licht des Morgens leicht zu schwanken. Drumherum nur Schnee, Wald und Einsamkeit.

Cesare trat aus dem Wald, folgte dem Pfad nach unten und blieb wenige Schritte vor dem Kleinlaster stehen.

Am Rand der Lichtung wuchsen Brombeersträucher und Kiefern wild durcheinander, sechs Jahre zuvor hatte eine Überschwemmung den Brunnen, der immer Wasser in das Steinbecken gespuckt hatte, weggespült. Die einsame Rottanne, unter der er sich vor dem Nachhauseweg so oft ausgeruht hatte, stand jetzt kraftlos und mit herausgerissenen Wurzeln im Schnee – wie ein alter Mann, der hinfällt und stirbt, aber nicht um Hilfe rufen will.

Aus dem Wald war das Rascheln von Blättern zu hören. Cesare starrte in die Richtung, aus der das Geräusch kam, und wartete, bis sich Robert zwischen ein paar Holunderbüschen zeigte.

»Du bist drei Stunden zu spät«, sagte der Mann trocken, als er nahe genug war und leise reden konnte. Er trug eine Fischerjacke, Turnschuhe und eine Khakihose. Unterm Arm klemmten die beiden Nummernschilder des Bedford.

Cesare zog den Umschlag mit dem Geld aus der Tasche und gab es ihm. Der Mann rührte sich nicht, er beäugte nur die dunklen Flecken auf der Jacke des Franzosen.

»Und was ist das?«

»Hab mich an einer Eiskante geschnitten«, sagte Cesare.

Robert spuckte auf den Boden, und ein lächerliches Platschen war zu hören. Sein weißes Haar war nach vorn gekämmt – die typische Frisur eines ehemals berühmten Schauspielers. Sein Gesicht war faltig, das Kinn hervorspringend.

»Ich will keinen Ärger.«

Cesare schüttelte den Kopf.

»Den wirst du nicht haben.«

Zögernd streckte Robert die Hand nach dem Geld aus und steckte es ein, dann kniete er sich vor den Bedford, um die Nummernschilder anzubringen.

»Komm schon, beweg dich«, sagte er, »wenn ich hier fertig bin, will ich los.«

Cesare drehte sich zum Hügel, winkte zweimal und wartete. Ein paar Sekunden später tauchte hinter dem Bergkamm ein dunkler Fleck auf, der sich als eine Gruppe von Menschen erwies, die nun die Serpentinen herunterkamen. Nach zehn Minuten hatten Sergio und die Flüchtlinge die Lichtung erreicht.

»Wo ist der, der Französisch spricht?« fragte Robert.

Cesare zeigte auf den Alten. Der hob den Blick, er wußte, er durfte sich nicht allzu blöd anstellen.

»Tu comprends?«

Der Mann lächelte angestrengt.

»Egal, wie lange es dauert …«, sagte Robert auf französisch weiter, »keiner rührt sich! Geredet wird auch nicht. Drinnen ist eine Flasche Wasser. Einen Eimer gibt's auch, falls jemand aufs Klo muß.«

Sergio hielt nach dem Mädchen Ausschau.

Sie hielt das Kind im Arm, ihr ruhiger Blick wanderte zu dem Kleinlaster, der sie gleich alle verschlucken würde. Ihr Gesicht war schön und teilnahmslos zugleich. Auf ihrer Stirn hatte der Schweiß weiße, salzige Ränder hinterlassen.

In seiner Sprache wandte sich der Alte an die anderen. Die Frau mit dem Jungen im Arm entgegnete etwas.

»Sie fragt, wie lange«, übersetzte der Alte.

Robert streifte ihn kurz mit seinem Blick, während er zum Bedford ging.

»Wir sind dann angekommen, wenn ich Euch aufmache«, sagte er und öffnete die Tür.

Sergio kniff die Augen zusammen, der Gestank nach fauligem Wasser verbreitete sich in der Luft. Robert nahm eine der Kisten aus dem Laster und warf sie auf den Boden. In hohem Bogen flogen die Langusten und das Eis in den Schnee. Ein paar Tiere bewegten sich noch, wie von einer mechanischen Kraft getrieben, die schwächer und schwächer wurde.

Cesare holte eine Zigarette aus der Tasche. Er entfernte sich von der Gruppe und zündete sie sich an. Sergio dachte, jetzt oder nie, und ging zu ihm.

Eine Weile standen sie nur nebeneinander da und überblickten das Tal.

Morgens, beim Abstieg hatten sie gespürt, wie der Wind immer frischer und klarer wurde. Jetzt zog er in kleinen Böen durch die Lüfte, und die Sonne konnte die Haut berühren.

»Was wird dein Vater dazu sagen?« fragte Cesare, als es gerade windstill war.

Sergio senkte den Blick. Der Franzose mußte es ihm angesehen haben, am Morgen, als er in der Tür der Festung gestanden und ihn beobachtet hatte, wie er schlief. Oder er hatte es schon gewußt, als sie losgelaufen waren. Leute von seinem Schlag lesen Gedanken wie Vögel das Wetter. Jedenfalls konnte er sich seine hübsch zurechtgelegten Worte jetzt ruhig sparen.

»Weißt du wenigstens, wo du hin mußt?«

Sergio nannte den Namen, der immer auf den Briefen der

Mutter gestanden hatte. Cesare warf die Zigarette auf den Boden, sofort wurde die Kippe vom weißen Widerschein des Schnees verschluckt.

»Es ist außerhalb«, sagte er, als auch der letzte dünne Rauchfaden verschwunden war. »Wenn du in Marseille bist, wirst du dich durchfragen müssen.«

Hinter ihnen hatte der Kleine vor lauter Müdigkeit wieder zu wimmern angefangen.

Sergio sah das junge Mädchen in den Transporter steigen. Sie drehte sich nicht nach ihm um. Jetzt standen da nur noch der Alte, eine Frau und einer der beiden anderen Männer mit dem kleinen Kind auf dem Arm. Sergios Blick kreuzte den des Mannes, und er entdeckte darin denselben Zorn und die Demütigung, die er in den Augen seines Onkels so oft gesehen hatte. Er empfand tiefen Respekt, denn früher oder später würde es ihm genauso ergehen. Der Mann stieg ein und verschwand in der hintersten Ecke des Bedford.

Als Sergio sich wieder umdrehte, streckte ihm der Franzose einen Zettel hin.

Er nahm ihn.

»Lies mal.«

Sergio überflog rasch die Namen, Telefonnummern und Adressen.

Cesare wartete, bis er den Zettel wieder zusammengefaltet hatte, dann erklärte er ihm, was er tun müsse, sobald er eine Telefonzelle gefunden hätte.

Er verriet nicht, was es damit auf sich hatte, und ließ dem Jungen auch keine Möglichkeit, nachzufragen.

Schließlich nickte Sergio und vergrub seine Hände zusammen mit dem Zettel in den Hosentaschen.

Er würde nun keine Gelegenheit mehr haben, dem Franzosen von seiner Mutter zu erzählen, von dem Tag, als er sie verloren hatte, und von den abstrusen Bildern, die sich seitdem in seine Träume eingeschlichen hatten. Nie würde er erfahren, wer Fausto getötet, und auch nicht, wer in jener Nacht geschossen hatte. Das, was geschehen war, würde nach und nach davongleiten, ganz so, wie der Franzose gerade davonglitt.

Robert rief nach ihnen.

Das einzige, was jetzt noch an die Illegalen erinnerte, waren der plattgedrückte Schnee und das Taschentuch, das einer von ihnen verloren hatte. Aus den geschlossenen Türen des Kleinlasters tropfte das geschmolzene Eis der Langusten und bildete eine übelriechende Pfütze.

Der Mann zog Zigaretten aus der Tasche und bot sie ihnen an. Sergio nahm sich eine aus der schwarz glänzenden Packung aber eigentlich nur, um den seltsamen Geschmack aus seinem Mund zu kriegen.

»Der Junge kommt auch mit«, sagte Cesare, bevor sie sich ihre Kippen ansteckten.

Robert riß die Augen auf, das Streichholz flammte bereits in seiner hohlen Hand auf. Das Kind in dem Transporter weinte noch immer. Irgend jemand redete auf es ein, um es zu beruhigen. Robert klopfte gegen den Bedford, sofort wurde es still.

»Früher hast du dir solche Scherze nicht erlaubt«, sagte er und starrte Cesare wieder an.

»Deshalb ist ja auch mehr im Umschlag! Wirf den Jungen einfach am erstbesten Bahnhof raus.«

Robert zog erstaunt an seiner Zigarette und kratzte sich am Ohr. In der Ferne schlug eine Kirchturmuhr neunmal.

»Ich laß ihn in Sisteron raus«, sagte er beim letzten Schlag, »danach muß er selbst sehen.«

Cesare antwortete, das sei in Ordnung. Der Mann war nicht ganz sicher, ob er ihm die Hand geben sollte, entschied sich dann aber dagegen, und ohne noch etwas zu sagen, stieg er ein und ließ schon mal den Motor an.

Sergio und Cesare standen allein auf der Lichtung, auf die jetzt die Morgensonne schien. Der Schnee begann langsam zu schmelzen, und aus dem Wald drang das Gekreische zweier Vögel.

»Wer hat da heute Nacht geschossen?« fragte Sergio.

Cesare nahm die Gitane wieder aus seinem Mund und betrachtete sie skeptisch, als hätte irgendein Fremder sie ihm gegeben.

»Das ist jetzt nicht mehr wichtig.«

Auf Sergio wirkten diese Worte wie ein Winken zum Abschied, wenn sich jemand längst zum Gehen gewandt hat. Unter dem Auspuff hatte Ruß einen schmutzigen Fleck im Schnee gebildet.

Das Weinen des Kindes verlor sich im Ächzen des Blechs.

»Geh jetzt«, sagte Cesare.

Das war's. Der Bedford fuhr aus der Lichtung auf die Schotterstraße, folgte den Serpentinen, bis er hinter den ersten Häusern von Combe Brémond verschwand. Vielleicht noch das ein oder andere Aufblitzen des blauen Blechs zwischen dem Gemäuer, das Echo des Motors, dann nichts mehr.

Als er allein war, ging Cesare zu der abgestorbenen Tanne.

Käfer hatten die Rinde gesäubert, und ganze Ameisenkolonien flitzten über den Stamm und verkrochen sich in den einzelnen Ritzen. Bald wären Spinnen und kleine Nagetiere an der Reihe, dann das Moos, und schließlich würden junge Pflanzen ihre Wurzeln in die verwesende Masse schlagen.

Cesare hob den Blick und sah das Aufblitzen eines Baches in weiter Ferne. Er lächelte – über den Schmerz, den das Leben einfordert, um weiterzugehen.

»Squadra mobile.«

»Ich muß dringend mit Kommissarin Di Meo sprechen.«

»Einen Moment. Ich sehe nach, ob sie da ist.«

Sergio vernahm ein dumpfes Geräusch, der Hörer wurde auf den Tisch gelegt, sich entfernende Schritte, eine Tür ging auf, sich nähernde Schritte, diesmal etwas energischer.

»Hallo?« Die Stimme der Frau ertönte schwach, kaum lauter als das Rauschen in der Leitung.

Sergio preßte den Hörer an sein Ohr und warf einen Blick auf den Zettel, der vor ihm lag.

»Notieren Sie«, sagte er in einem Ton, der so gar nicht zu ihm paßte.

»Wer sind Sie?«

»Schreiben Sie auf, was ich sage.«

Einen Moment lang schien am anderen Ende der Leitung keiner mehr zu sein, dann hörte man etwas auf dem Tisch rollen und schließlich, wie ihr Atem heftiger wurde.

Sergio las den ersten Namen vor, den zweiten zweimal, aus Angst, er könnte ihn falsch aussprechen, den dritten wieder nur einmal, der war einfach. Er lauschte dem Stift, der schnell übers Papier flitzte, und als er nichts mehr hörte, gab er die Telefonnummern und Adressen durch, die der Franzose aufgeschrieben hatte. Als die Frau alles notiert hatte, schwieg sie, ihr tiefes Atmen durch die leicht geöffneten Lippen war nur zu erahnen.

»Ist Cesare in Sicherheit?« fragte sie.

Mit einem Ruck drehte Sergio sich um, als stünde die Frau hinter ihm. Aber da war nur die Bahnhofshalle, und die war leer. Der Zeitungsladen, in dem er die Telefonkarte gekauft hatte, ließ gerade die Rolläden herunter. Ein junges Mädchen, rot gekleidet, studierte den Fahrplan. Sie hatte einen Hund bei sich, er war angeleint.

»Wissen Sie, wo Cesare ist?«

Ein Mann, grau gekleidet, hatte eben die Halle betreten und lief nun in Richtung Telefonkabine. Sergio sah den Riß in seiner Hose. Hut trug er keinen. Der Mann ging an ihm vorbei, warf ihm einen gelangweilten Blick zu, dann verschränkte er die Arme auf dem Rücken und verschwand auf den Bahnsteig.

»Ich weiß es nicht«, sagte Sergio.

Die Kommissarin wartete, doch es kam nichts mehr.

»Wer sind Sie?«

Sergio verließ die Kabine. Das Mädchen in Rot saß auf einer Bank und schaute ihn erstaunt an. Jetzt, da er sie von nahem sah, bemerkte er, daß sie gar nicht mehr so jung war – eine jener Frauen, bei denen man sich leicht verschätzt. Der Hund kauerte unter der Bank und leckte an einem Eis, das auf den Boden gefallen war.

Sergio löste den Blick von der Frau, entfernte sich mit ein paar Schritten, dann fiel ihm der Rucksack ein. Er machte kehrt und ging zum Telefon zurück. Der Hörer war nicht aufgelegt, sondern baumelte noch immer in der Luft.

»Sind Sie noch dran?« ertönte es.

Schweren Herzens durchquerte er die Halle, er bekam kaum Luft, auf seinen Schenkeln spürte er einen warmen Urinfleck; er ging zu den Gleisen. Aus dem Lautsprecher wurde gerade die Ankunft eines Zuges angekündigt. Die Stimme des Mannes klang, als würde Eisen gefeilt.

Als er aus der Glastür trat, knallte ihm die Sonne brutal entgegen. Auf dem Gleis stand ein Zug mit vier Waggons. Die Türen waren geöffnet, ein paar Fenster ebenfalls.

Mit einem Satz war Sergio drinnen. Gerade mal Zeit, um durchzuatmen, und schon setzte sich der Zug in Bewegung.

Am Ende des Waggons tauchten ein paar Gesichter auf. Masken von Leuten, die in einem Lächeln erstarrt waren, Fratzen, unfähig, jemals etwas anderes auszudrücken.

Ein Mann und eine Frau gingen an ihm vorbei. Der Mann sagte irgend etwas von der Uhrzeit, sie hatte ein viel zu schweres Parfüm aufgetragen, völlig unpassend für diese Jahreszeit. Sergio wartete, bis sich ihre Stimmen entfernt hatten, dann ging er zur Toilette und übergab sich.

Als er den Kopf wieder hob, kam ihm das Licht weniger brutal vor. Die Toilette war klein, sauber und äußerst weiß. Hellblaues Klopapier bewegte sich leicht zu dem Geräusch, das aus der Tiefe der Kloschüssel kam.

Er klappte den Deckel herunter und setzte sich vor den Spiegel. Er berührte Nase, Augen, Haare, doch das einzige, was ihm vertraut erschien, war der tiefe Schnitt über Kinn und Wange. Durch das gekippte Fenster wehte ein frischer Wind. Ummauerte Gemüsegärten, Obstbäume und eine kaum befahrene Straße rauschten vorbei.

Er dachte an den Franzosen, der ihn hierher geschickt hatte, in diesen Zug, während er für sich ein anderes Schicksal gewählt hatte. Er stellte ihn sich auf dem Nachhauseweg vor, da klopfte jemand an die Tür.

Sergio schaute durch den kleinen Spalt aus dem Fenster.

Die Sonne knallte auf das Vorgebirge, durch das sie gerade fuhren. Aus dem lichten Wald ragten große, graue Kreideblöcke, neben ihnen floß ein Bach, der sich den Gleisen immer ein Stück näherte und sich gleich darauf entfernte.

Es klopfte noch einmal.

Sergio öffnete den Riegel, und die Tür sprang auf.

Vor ihm stand ein Mann in blaugrüner Uniform, auf dem kahlen Kopf hatte er eine Dienstmütze. Sein Mund war geschlossen, aber ein Zahn schaute heraus, es sah aus, als wollte er jemanden parodieren.

»Billet s'il vous plaît.«

Sergio zog sein Ticket aus der Hosentasche. Der Mann warf einen verschlafenen Blick auf das gelbliche Stück Papier.

»Sie ist nicht gestempelt«, sagte er.

Sergio bemerkte zwei große Leberflecke auf seiner Wange,

und auf der Schulter angetrocknete Milch. Der Mann schob die Dienstmütze aus der Stirn und beobachtete lange den Gang, bis zum Ende des Zuges.

»Steig bei der nächsten aus und stemple sie ab«, sagte er.

Sergio steckte seine Fahrkarte wieder ein. Der Mann blieb einen Moment stehen, als wollte er noch etwas sagen, dann schloß er die Tür und entfernte sich, zusammen mit dem Geräusch seiner Schritte.

Als Sergio endlich wieder alleine war, öffnete er seine Hose und wusch sich das, was in dem Mädchen gewesen war.

Cesare betrat den Laden, Ettores Frau stand hinter dem Tresen, den Blick starr auf die Tür gerichtet wie ein Hund, der auf sein Herrchen wartet. Als sie ihn sah, verzog sie ihren Mund zu einer bitteren Grimasse. Sie wußte also, was Ettore in der Nacht vorgehabt hatte, und jetzt hatte sie die ganze Zeit gewartet und gebetet, daß das, was eingetreten war, nicht eintreten möge.

»Setz dich«, sagte er.

Sie wollte nicht – als ob er etwas völlig Absurdes von ihr verlangt hätte. Die Tür schloß sich mit einem lächerlichen Bimmeln; was blieb, war das Dämmerlicht der untergehenden Sonne.

»Wo ist Ettore?«

Cesare legte die Uhr und die Silberkette mit dem Kreuz , die er ihm vor dem Vergraben noch abgenommen hatte, auf den Ladentisch. Die Augen der Frau wanderten von einem Gegenstand zum anderen – trockene, unerbittliche Augen. Cesare dachte, diese Härte würden sie nun immer in sich haben.

»Setz dich«, sagte er.

Wieder schüttelte sie den Kopf, doch ihre rechte Hand tastete nach dem Hocker, auf den sie sich jetzt sinken ließ.

»Steck es weg.«

Die Frau nahm Uhr und Kette, ließ sie in ihrer Schürze verschwinden, dann legte sie die bleichen Hände auf ihren Bauch.

»Wann ist es soweit?«

Die Frau zuckte mit den Schultern – nicht wichtig.

Nach einer Weile: »Noch vier Monate.«

Cesare ging zu dem Vorhang, der vor der Werkstatt hing. Der Geruch nach Leder war ein dünner Faden, den die hereinströmende Luft erst durchtrennte, dann wieder zusammenknüpfte. Die Frau atmete tief, aber es war kein Schluchzen.

»Ettore wollte es so. Er konnte keine Kinder haben.«

Im Hof bellte der Hund die längerwerdenden Schatten an. Er erinnerte ihn an seine Hündin.

»Wo hast du dich mit Fausto immer getroffen?«

»In Champaneise.«

Cesare dachte an die alte Hütte, die seit jeher im Besitz von Ettores Familie war, und er wußte, wozu der Schlüssel in Faustos Versteck gehörte. Auch die Tests und das Geld ergaben jetzt einen Sinn.

»Als er erfuhr, daß ich schwanger bin, meinte er, alle sollten wissen, daß er der Vater sei, und er pfeife auf das Geld. Er wollte, daß ich Ettore verlasse und zu ihm ziehe.«

Cesare wandte sich dem Tresen zu und musterte die Frau. Ihre Schönheit war die einer eisigen Blume im Winter. Sie war zierlich und blaß. In ihren schwarzen Augen spiegelte sich das ockergelbe Licht der Piazza.

»Und was wolltest du?«

Sie strich sich über die Augen, doch an ihren Händen waren keine Tränen. Sie schüttelte den Kopf.

»Ich wollte immer schon ein Kind. Ettore auch.«

Cesare sah wieder Faustos zusammengepreßte Lippen im Angesicht des Todes vor sich, Ettores kalte Augen im Mondschein, und das alles war für ihn wie das Prasseln des Regens, wenn er zur richtigen Jahreszeit fällt. Er ging wieder zum Tresen und betrachtete sie. Noch bedeckte die Schürze ihren Bauch, doch oben herum spannte sie bereits. Er begriff, sie wollte wissen, was nun aus ihr und dem kleinen Wesen, das sie in sich trug, werden solle.

Er wühlte in der Tasche und legte den Schlüssel auf den Tisch.

»Warte, bis es dunkel ist«, sagte er. »Dann gehst du zu den Carabinieri. Sag ihnen, er sei heute morgen zu den Seen gefahren, zum Jagen, und sei noch immer nicht zurück. Sie werden dann den Wagen und das Gewehr finden.«

Sie war völlig in Gedanken versunken, dann nickte sie und ließ den Schlüssel in die Schublade gleiten. Cesare wandte sich zum Gehen.

»Wo ist er?« fragte sie, als er bei der Tür war.

Zum ersten Mal konnte Cesare in dem schönen, oval geformten Gesicht etwas von der Güte erahnen, die Fausto und sie alle verloren hatten.

Er hätte ihr natürlich die Schlucht nennen können, wo er Ettore begraben hatte, mit bloßen Händen im Schnee wühlend, um ihn dann mit Steinen zu bedecken, damit die Tiere fernblieben, aber er schüttelte lediglich den Kopf, sie würden ihn nicht finden.

Die Lippen halb geöffnet, die langen Arme eng am Körper – Frauen und Männer aus Stein stützten die Balkone der ganzen Straße; Sergio betrachtete die Statuen eingehend.

Vom Bahnhofsplatz an hatte er sechsundzwanzig gezählt, darunter zwölf Frauen, zusätzlich zwei, die zu verschmutzt waren, um sie richtig einordnen zu können. Alle starrten sie auf den Verkehr und die Passanten auf dem Bürgersteig, aber so, als könnten sie sich noch immer nicht so recht mit dem Ganzen hier abfinden.

Mit einem Ruck setzte sich der Bus taumelnd und schwerfällig in Bewegung. Ganz hinten brüllten Jugendliche etwas, das Sergio nicht verstehen konnte. Ansonsten war er von alten Frauen umgeben und von dunkelhäutigen Männern in Jogginganzügen.

Sie fuhren an einer langen Reihe geparkter weißer Autos vorbei, in denen Männer in kurzärmeligen Hemden saßen und Zeitung lasen, dann weiter an Kioskständen, Cafés und Schaufenstern, bis sie auf eine Überführung stießen, abseits von dem Chaos im Zentrum.

Jetzt öffnete sie sich weit in alle Richtungen, die Stadt aus Beton, mit ihren Antennen, Schornsteinen und all den Straßen, auf denen das metallische Blut dahinfloß, das sie so lebendig machte. Links, in der untergehenden Sonne, lag das Meer gelb und träge. Ein paar Schiffe verließen die Mole, und die Kräne streckten ihre Arme dem Meer entgegen wie Verwandte, die sich aus der Ferne verabschiedeten.

Sergio lächelte, all das hatte der Franzose schon gesehen, und jetzt war er an der Reihe. Seine Kleidung roch stark nach dem Tabak in der Tasche und dem Schweiß der Überanstrengung.

Ein paar Kilometer weiter nahm die Straße die Geräusche der Küste in sich auf, Marseille war nur noch eine Ansammlung vereinzelter, kleiner Häuser.

»Le prochain est L'Estaque«, sagte der Busfahrer, nachdem er einen Kreisverkehr passiert hatte, der gerade im Bau war.

Sergio tat es einer alten Frau nach, die sich eben erhoben hatte. Das letzte Stück standen sie und hielten sich oben an den Schlaufen fest, dann öffneten sich die Türen; außer den beiden stieg keiner aus.

Bevor der Fahrer die Türen wieder schloß, grüßte er die Frau.

»Das kannst du dir sparen«, fauchte sie, und als der Bus wieder losgefahren war, überquerte sie die Straße und verschwand auf einer Metalltreppe, die zum Strand führte.

Sergio kramte nach den Gitanes, die er am Bahnhof gekauft hatte; beim Anzünden betrachtete er die nicht gerade farbenfrohen Häuser gegenüber der Strandpromenade.

Es waren alte, aber gut erhaltene Wohnhäuser, dicht gedrängt standen sie da, ohne einander zu erdrücken. Winzige Treppchen und Balkone verbanden sie miteinander, man hatte den Eindruck, hier müßte man sich ganz einfach gut verstehen, ob man wollte oder nicht.

Er ging auf dem Bürgersteig und entdeckte bald sein Spiegelbild in all den Schaufenstern. Der Bäcker, der Tabakladen, eine Bank, ein Optiker, das Postamt – lauter lange, schmale Läden.

Vor einem Fischgeschäft blieb er stehen.

Eine Frau reinigte mit einem Schlauch den Boden, und ein Junge schob die Kisten wieder nach hinten in den Kühlraum. Auf den Regalen lagen noch Muschelschalen und seltsame Kalkgehäuse, die einmal bewohnt gewesen waren.

»Kennen Sie Maria Galliano?«

Die Frau lächelte, schüttelte aber den Kopf, nein, die kenne sie nicht. Ihr Gesicht war ganz rot, das lange, blonde Haar mit einem Tuch zusammengebunden – einen Spiegel hatte sie dabei wohl nicht benutzt.

Sergio dachte, vielleicht habe die Mutter ja ihren Mädchennamen wieder angenommen, allerdings kannte er den gar nicht oder hatte ihn vergessen, vor langer Zeit, als das nicht wichtig war.

»Sie arbeitet in einem Café«, sagte er.

Die Frau streifte die Gummihandschuhe ab und klemmte sie in den Gürtel.

»Die Italienerin!« rief sie lachend.

Sergio beobachtete von der Bank auf der anderen Straßenseite aus die beiden Gäste auf der Terrasse. Der eine war schon recht alt, dafür aber ziemlich bunt gekleidet. Der andere hätte sein Sohn sein können oder ein jüngerer Bruder mit einem anderen Kleidergeschmack.

Das junge Mädchen, das sie eine halbe Stunde zuvor bedient hatte, trug genau die gleiche Schürze wie seine Mutter auf dem Foto. Hinter der Glasscheibe waren eine Kaffeemaschine, ein paar Holztische und ein Fernseher zu erahnen. Ansonsten keine weitere Kellnerin weit und breit.

Sergio drückte seine Zigarette aus und wandte sich zum Meer hin.

Es schimmerte metallisch. Von den schaukelnden Booten kam ein freundliches Klappern. Es dürfte so sieben gewesen sein, vielleicht nicht ganz, denn hinter dem Gebirge leuchtete noch immer dieses Ockergelb.

Er roch das Salz und den Diesel, die der Wind mit sich trug, dann fischte er die Jacke aus dem Rucksack. Ganz unten sah er etwas Rotes. Er wußte zwar noch nicht, was es war, aber daß der Franzose es hineingelegt hatte, war klar.

Er zog das Buch heraus und betrachtete den Umschlag. Er war feucht, der Titel war gar nicht mehr lesbar.

»Alejandro Iberruti«, stand da mit Tinte auf die erste Seite geschrieben, »1927«.

Den Namen hatte er noch nie gehört, doch er dachte, dieses Buch sei sicher schon durch viele Händen gegangen, und ihm gefiel der Gedanke, daß er es jetzt hatte.

Als er sah, daß es auf Spanisch war, war er keineswegs enttäuscht. In ihm war dieselbe Ruhe wie in der Nacht, als er das Tal hochgelaufen war und ringsum die Schönheit bemerkt hatte, ohne von den Dingen eine Antwort zu erhalten oder von der Zeit, warum sie die Dinge so gemacht hatte, wie sie waren.

Er lächelte und wollte gerade das Buch wieder einstecken, als etwas auf der anderen Straßenseite seine Aufmerksamkeit erregte. Die Mutter stand am Tisch der beiden Männer.

Sergio sah, wie sie die Gläser nahm und ein paar Worte mit ihnen wechselte. Ihrem Gesicht war das Alter anzusehen, so hatte er sie gar nicht in Erinnerung, doch das Lächeln war noch genauso natürlich. Ihre Haare waren jetzt kürzer. Ihr Blick sicherer.

Er klemmte sich eine weitere Zigarette zwischen die Lippen, seine Augen folgten ihr, als sie nach drinnen verschwand, mit diesem Gang, den er als Kind so oft gesehen hatte, im Haus, draußen im Hof, in der Kirche – dann rauschte ein Bus vorbei und wischte alles weg.

Was blieb, waren die Terrasse, die zwei Männer, ein Oleander, die Straßenlaternen.

Sergio zündete sich die Zigarette an, fast schien es ihm, als rauchte er zum letzten Mal. Es wurde langsam kühl, aber der Wind trug noch immer etwas Klebriges mit sich, das den Augen guttat. In der Ferne zog ein Kahn vorbei, mit einem roten Licht am Bug.

Er dachte an den Franzosen, wie er vermutlich gerade allein in der Küche saß, und eine Art Schmerz durchfuhr ihn. Also stellte er sich lieber vor, daß er noch auf irgendeinem Pfad herumlief, den Kopf gesenkt, lauschend, ob die Berge ihm etwas zu sagen hätten.

Kurz darauf stieg Sergio die Stufen zum Café hoch, die Hände in den Taschen vergraben wie Männer es tun, wenn sie nicht wissen, was sie sagen sollen.

Sein Haus war genau so wie er es verlassen hatte: still, leer, die Dose Bohnen auf dem Küchentisch. In der Zwischenzeit hatte sich ein schwefliger Gestank ausgebreitet, der ein paar Fliegen angelockt hatte. Eine brummte in einem fort wütend gegen die Büchse.

Trotz der Kälte zog Cesare seine Jacke aus und ging schnurstracks zur Gasflasche. Er schraubte den Boden ab und nahm die Tests aus dem Krankenhaus mit Faustos Namen darauf heraus. Er beobachtete, wie der dunkle Bauch des Ofens aufleuchtete, als sie verbrannten; dann schloß er die Klappe wieder.

Er fühlte sich jetzt weder besser noch schlechter, nur so, als habe er etwas getan, was er schon längst hätte tun müssen.

Er ging zum Küchenschrank, goß sich einen Schluck Kognak ein und kippte ihn gleich hinunter, dann einen zweiten, aber den ließ er stehen. Fausto blickte ihn vom Foto aus an. Der junge Mann neben ihm schien nie wirklich existiert zu haben. Das andere Bild – Adeles Gesicht – war tröstlich wie immer.

Er schüttelte den Kopf wie beim Kartenspielen, wenn eine Partie zu Ende ist und man nichts mehr rückgängig machen kann, dann schleppte er sich zum Fenster.

Der Bergkamm gegenüber verschluckte das letzte Licht, aber das Weiß des Schnees bewahrte noch einen Rest Helligkeit. Im Sonnenuntergang glitzerte das Dach der kleinen Kirche. Die beiden großen Säulen umrahmten den Eingang, wie bei allen Kirchen im Tal.

Hier hatte er vor fünfundzwanzig Jahren Adele geheiratet.

Das erste Mal hatte er sie auf dem Dorffest in Tenou gesehen. Sie war siebzehn und hatte mit ihrer älteren Schwester getanzt. Er war eben erst aus Frankreich zurückgekehrt. Rauchend hatte er am Geländer gestanden, zwischen einem, dem ein Bein fehlte, und einem anderen, der nicht tanzen konnte.

»Wer ist das Mädchen in dem blauen Rock?« hatte er gefragt.

Der mit dem Holzbein hatte gesagt, sie heiße Adele und das ganze Tal sei hinter ihr her, aber nichts zu machen. Sie war die Tochter von Martin Chiaffredo – dem mit dem Busunternehmen –, er hatte sie in Mondovì ins Internat geschickt, sie sollte Lehrerin werden.

Nach diesem Abend hatte er sie längere Zeit nicht mehr gesehen. Er selbst hatte damals keinen Beruf und vermögend war er auch nicht. Außerdem war Adele nicht unbedingt eine der Frauen, wie er sie gewohnt war, und das war ihm auch lieber so.

In jenem Herbst hatte er das Dach repariert, ein Gemüsebeet mit einer kleinen Mauer rundum angelegt und sich wieder zwei Kühe in den Stall gestellt, damit er etwas Milch hatte.

Alle im Dorf wußten, warum er wieder zurückgekommen war, und sogar die Verwandtschaft machte einen großen Bogen um ihn, aus Angst vor dem Geschwätz. Nur Parin Giors besuchte ihn tagtäglich, er gab ihm auch alle möglichen Tips, denn ihre Familien waren durch ein Band verbunden, das sie seit jeher zusammenhielt, auch im Unglück.

Eines Tages aber, als er gerade das Beet umgrub, erblickte er über dem Mauerrand seinen Onkel, und er hatte da so eine Ahnung, daß die Dinge vielleicht doch noch so liefen, wie sie ursprünglich geplant waren.

Der Onkel redete lange um den heißen Brei herum. Erst sprach er davon, daß er sich den Rücken noch ruinieren würde, ohne aus diesem steinigen Boden auch nur einen halbwegs normalen Ertrag herauszuholen, dann erzählte er von seinem älteren Sohn, der unten im Tal einen Tabakladen aufgemacht habe, und dann noch von dem anderen, der Gott sei Dank das Zeug zum Studieren habe. Schließlich fragte er Cesare ganz direkt, ob er nicht sein Nachfolger werden wolle, sonst würde es im ganzen Tal keiner tun.

Cesare mußte nicht lange überlegen und antwortete, deswegen sei er ja zurückgekommen.

In den folgenden Monaten hatte Giovanni ihm alles erklärt, die jeweiligen Routen, wie man Geräusche erkannte, wie man zu den Kontakten kam und wie man sich zu verhalten hatte.

Und während er all das lernte, hatte Parin Giors einen Sohn bekommen, womit niemand mehr gerechnet hatte. Noch am selben Tag – seine Frau lag noch im Bett und würde auch nie mehr aufstehen – marschierte Parin zu Cesare und fragte ihn, ob er nicht Taufpate werden wolle und ob er mit dem Namen Fausto einverstanden sei.

Im darauffolgenden Jahr hatte sich der Onkel ganz zurückgezogen, und von da an arbeitete Cesare eben als Schleuser.

Anfangs, so ganz allein, war es eine einzige Qual, außerdem hatte er Angst, aber mit der Zeit lernte er, Gebirge und Menschen besser einzuschätzen. Er begriff, daß das Schweigen die Dinge festhielt.

Als er genug Geld beisammen hatte, legte er sich eine Morini zu und kurvte in Adeles Dorf herum, bis er ihr eines Tages endlich bei der Bar begegnete. Sie saß neben der großen Dorfwaage und aß ein Eis. Zwei Jahre waren vergangen. Ihr Haar war jetzt länger und ihr Gang sehr weiblich.

Zuallererst erzählte er ihr, woher er kam, was er beruflich machte und wie man ihn aus Frankreich vertrieben hatte. Sie hatte ihn kurzerhand den Franzosen genannt und ihm damit zu verstehen gegeben, daß er ihr da nichts Neues erzähle, daß sie bestens informiert sei und daß um sieben ihr Vater auf sein übliches Gläschen in die Bar komme.

Der Mann verzog keineswegs sein Gesicht, als Cesare um die Hand seiner Tochter anhielt, denn er wußte, daß Cesare nicht schlecht verdiente und es auch nur ein Beruf wie jeder andere war. Aber die Sache hatte einen Haken, denn er wollte ihm seine ältere Tochter geben – Adele fehlte noch ein Jahr, bis sie ausgebildete Lehrerin wäre, Rita dagegen war bereits Buchhalterin und bekam jeweils am Monatsende ihr festes Gehalt.

Cesare sagte zu dem Mann, er verstehe ihn ja, er sei schließlich der Vater und denke deswegen anders über die Sache und wolle nur das Beste, aber ihm, Cesare, sei es ehrlich gesagt lieber, noch ein bißchen zu warten. Und so kam es, daß er zwei Jahre später an einem verregneten Tag Adele in der kleinen Dorfkirche heiratete.

Ein Klingeln unterbrach die Stille.

Ohne den Blick vom Fenster zu nehmen, hob Cesare den Hörer ab.

»Ich hatte gehofft, dich nicht zu Hause anzutreffen ...«, sagte Sonia.

Cesare wußte schon Bescheid und trank einen Schluck.

»Wir haben die Typen verhaftet«, sagte sie, »du mußt sofort verschwinden.«

Ohne einen Ton zu sagen, legte Cesare auf. Er stellte das Glas auf die Fensterbank und wartete, bis die Sonne hinter dem Felsen verschwand.

Kurz darauf ging die Tür hinter ihm auf.

Cesare drehte sich nicht um. Draußen veränderte der Schnee gerade seine Farbe, schon bald würde er das Blau des Himmels haben. Die Berge waren ruhig, sie bereuten von Natur aus nichts.

Als die Kugel in ihn eindrang, spürte er kaum den Schmerz, dann glitten seine Beine unter ihm weg, und er sank aufs Fensterbrett.

Durch das rot befleckte Fenster sah er den Pfad, den sein Vater, sein Großvater und noch andere vor ihm so oft hochgestiegen waren.

Sein letzter Gedanke war, nach ihm würde das keiner mehr tun.

Italienische Autoren bei Wagenbach

VALERIA PARRELLA *Der erfundene Freund*

Was tun, wenn der Freund beim Dealen erwischt wird, der kleine Sohn die Straße der Schule vorzieht und die Mutter sehnlichst darauf wartet, daß die Tochter endlich ein ordentliches Dasein beginnt? Da hilft nur eines: beherzt das Leben selbst in die Hand nehmen. Eine neue junge Erzählstimme aus Italien, frech und herausfordernd!

Aus dem Italienischen von Suse Vetterlein
Quart*buch*. Gebunden mit Schutzumschlag. 128 Seiten

TIZIANO SCARPA *Körper*

Wie in *Venedig ist ein Fisch* erkundet Tiziano Scarpa die Welt über die Körperteile – von den Augen bis zu den Füßen. Am Ende dieses herrlich überraschenden Buchs erscheint einem das vermeintlich Bekannte, der eigene Körper, wie der fremdeste aller Planeten.

Aus dem Italienischen von Olaf Roth
Quart*buch*. Gebunden mit Schutzumschlag. 160 Seiten

LUIGI MALERBA *Römische Gespenster*

Ein großer Eheroman über unausgesprochene Gefühle, subtile Beziehungskämpfe, Liebe und Lebensweisheit. Sehr kurzweilig, mit Gusto zu lesen!

Aus dem Italienischen von Iris Schnebel-Kaschnitz
Quart*buch*. Gebunden mit Schutzumschlag. 240 Seiten

STEFANO BENNI *Der schnellfüßige Achilles*

Der Roman des italienischen Bestsellerautors Stefano Benni stellt einen Menschen in den Mittelpunkt, der nicht in das schnelle Leben unserer Zeit paßt.

»Bennis bislang subtilste und exakteste Satire auf die italienische Wirklichkeit.« Martin Droschke, Falter

Aus dem Italienischen von Moshe Kahn
Quart*buch*. Gebunden mit Schutzumschlag. 272 Seiten

Mit Wagenbach nach Italien

KLAUS WAGENBACH *Mein Italien, kreuz und quer*

Ein umfangreiches, preiswertes Kompendium: Italienische Schriftsteller erzählen von ihrem Land, kreuz und quer.

»Italien ist in Deutschland ohne Klaus Wagenbach nicht denkbar. Die intime Kennerschaft mag der Anlaß für diese wunderschön aufgemachte, inspirierende Anthologie gewesen sein.« Neue Zürcher Zeitung

WAT 558. 384 Seiten

DIETER RICHTER *Der Vesuv – Die Geschichte eines Berges*

Einer der besten Kenner des Golfs von Neapel hat die faszinierende Geschichte eines Berges geschrieben, der seit Jahrhunderten Angst und Schrecken verbreitet und zugleich eine unwiderstehliche Anziehungskraft ausübt.

»Dieter Richter schreibt detailgenau und con amore.«

Johannes Saltzwedel, Der Spiegel

Gebunden. 224 Seiten mit zahlreichen Abbildungen

FRIEDERIKE HAUSMANN *Kleine Geschichte Italiens*
von 1943 bis zur Ära nach Berlusconi

Eine nach den Wahlen im April 2006 wiederum aktualisierte und erweiterte Ausgabe des inzwischen zum Standardwerk gewordenen Buches.

»Ein handliches, ebenso sachkundiges wie lesbares Buch, das den Schlüssel zum Verständnis Italiens liefert.« Hansjakob Stehle, DIE ZEIT

Aktualisierte und erweiterte Neuausgabe. WAT 550. 256 Seiten

FRIEDERIKE HAUSMANN *Garibaldi*
Die Geschichte eines Abenteurers, der Italien zur Einheit verhalf

Giuseppe Garibaldi ist bis heute eine der faszinierendsten Gestalten des Risorgimento, der Bewegung für die Einheit Italiens. Die Biographie des Freiheitskämpfers, Abenteurers und Frauenhelden ist zugleich eine Geschichte Italiens im 19. Jahrhundert.

WAT 335. 200 Seiten mit vielen Abbildungen

»Nur wenige Reiseführer sind so handlich und gleichzeitig so liebevoll gestaltet wie die Reise-SVLTOS bei Wagenbach.«

Frankfurter Rundschau

Rom Eine literarische Einladung

ROMA? Roma! Die Stadt, in die alle Wege führen, im Blickpunkt ihrer Schriftsteller.

»So soll es sein, frische, lebendige Texte, in denen man wieder Ernst macht mit dem Blick auf diese Stadt.«

Hanns-Josef Ortheil, Frankfurter Allgemeine Zeitung

Herausgegeben von Margit Knapp. Mit einem Vorwort von Luigi Malerba
SVLTO. Rotes Leinen. Fadengeheftet. 144 Seiten

Florenz Eine literarische Einladung

Schriftsteller beschreiben Florenz als Ort der Kunst, der Sprache und der Narretei.

»Unverzichtbar vor, während und nach einem Florenzbesuch.«

Manfred E. Schuchmann, Hessischer Rundfunk

Herausgegeben von Marianne Schneider
SVLTO. Rotes Leinen. Fadengeheftet. 128 Seiten mit Abbildungen

Turin Eine literarische Einladung

Italiens Literaturmetropole: Der Einaudi-Verlag wurde hier gegründet, Natalia Ginzburg, Cesare Pavese, Italo Calvino, Norberto Bobbio, Primo Levi schrieben in Turin, und auch heute lebt die Literatur in der Stadt: von Alessandro Baricco bis Dario Voltolini.

Herausgegeben von Margit Knapp und Maria Carmen Morese
SVLTO. Rotes Leinen. Fadengeheftet. 120 Seiten

Nach Italien! Anleitung für eine glückliche Reise

»Eine intelligent zusammengestellte Anthologie, die auf zwanglose Weise das Belehrende eines Reiseführers mit dem Unterhaltenden der Glosse und der literarischen Skizze verbindet.« Neue Zürcher Zeitung

Herausgegeben von Klaus Wagenbach
SVLTO. Rotes Leinen. Fadengeheftet. 144 S. mit vielen Abbildungen
auch als LeseOhr erhältlich, gelesen v. Klaus Wagenbach (1 CD, 76 Min.)

Politik und Gesellschaft

NORBERTO BOBBIO *Das Zeitalter der Menschenrechte*

Norberto Bobbios Hauptwerk: Grundlegende Texte über die Menschenrechte, ihre Geschichte, Gegenwart und Zukunft.

»Bobbio, der große alte politische Philosoph Italiens, verkörpert jene seltene Erscheinung des Intellektuellen, der mühelos von der Universität auf den Marktplatz überwechselt, ohne Theorie ins ›Volkstümliche‹ zu wenden.«

Ingeborg Nordmann, Süddeutsche Zeitung

Aus dem Italienischen von Ulrich Hausmann
Mit einem Nachwort von Otto Kallscheuer. WAT 358. 128 Seiten

IMMANUEL WALLERSTEIN *Die Barbarei der anderen*
Europäischer Universalismus

Die Grundzüge der Globalisierungskritik, knapp und überzeugend dargestellt von dem Historiker und Sozialwissenschaftler Immanuel Wallerstein, der grauen Eminenz dieser weltweiten Bewegung.

Deutsche Erstausgabe. Aus dem amerikanischen Englisch von Jürgen Pelzer
WAT 554. 112 Seiten

ROBERTO MANGABEIRA UNGER *Wider den Sachzwang*
Für eine linke Politik

Die Klage über die Politikverdrossenheit ist in aller Munde. Höchste Zeit darüber nachzudenken, welche Folgen es für das demokratische Engagement des Bürgers hat, wenn nur noch der Sachzwang regiert.

Deutsche Erstausgabe. Aus dem amerikanischen Englisch von Matthias Wolf
WAT 555. 176 Seiten

Die italienische Originalausgabe erschien 2004 unter dem Titel
Il mangiatore di pietre bei Marcos y Marcos.

2. Auflage

Verlag Klaus Wagenbach, Emser Str. 40/41, 10719 Berlin
Umschlaggestaltung Julie August unter Verwendung einer Photographie von CORBIS/Bo Zaunders. Gesetzt aus der Scala Serif von der Offizin Götz Gorissen Berlin.
Einbandmaterial von Peyer + Co. Leonberg, Vorsatzmaterial von Schabert, Strullendorf.
Gedruckt auf chlor- und säurefreiem Papier (Schleipen) und gebunden von Pustet, Regensburg. Printed in Germany.

ISBN-13: 978 3 8031 3208 6